書下ろし長編時代小説

ひらめき小五郎
江戸城の女狐

藤村与一郎

コスミック・時代文庫

この作品はコスミック文庫のために書下ろされました。

目次

第一話　まもるべきもの

一幕

ここは江戸城の西の方角。

四谷《よつや》に向かって伸びる麴町《こうじまち》通りを、麴町三丁目で脇道《わきみち》に入ると、平河天神《ひらかわてんじん》と呼ばれる天満宮がある。

かの太田《おおた》道灌《どうかん》が、学問の神さまである菅原道真《すがわらのみちざね》公の霊夢を見て創建《そうけん》したという由緒《ゆいしょ》だが、その鳥居《とりい》の脇に、柳屋《やなぎや》という小さな油見世《あぶらみせ》があった。油見世は、化粧品や小間物を商《あきな》っている。

「ああ、麴町は遠くてしんどい。湯島《ゆしま》からは、かなり歩《ある》き出《で》があったな。おい、市松《いちまつ》はいるか」

その柳屋の暖簾《のれん》を、三十がらみの武士が額で分けた。額の上は、八丁堀《はっちょうぼり》風の小銀杏《こいちょう》に結っている。

仕立てのよい紋服《もんぷく》。足元は皮《かわ》の鼻緒をつけた草履《ぞうり》。絵に描いたような、町方の与力《よりき》さまだ。

「おや、これは剛次郎《ごうじろう》の旦那《だんな》」

店の内所《ないしょ》から出てきたのは、角帯《かくおび》に素十手《すじって》を差した、三十路《みそじ》なかばのいかつい顔をした男だった。

柳屋市松といい、天神下の親分というのが通り名の御用聞き《ごようき》である。

「どうしたんですかい。伊達《だて》が売り物の吟味方《ぎんみかた》与力・深津《ふかつ》剛次郎さまが、犬のように、はぁはぁと息をして」

「口の悪いやつだ。あの男に似たのだな」

御用聞きのぞんざいな物言いにさして怒りもせず、剛次郎は上がり框《かまち》に、どっこいしょと腰をおろした。

「湯島から歩きづめだ。足が、がくがくになったぞ」

剛次郎は五尺八寸と上背《うわぜい》があり、鼻柱も太く押しだしは悪くない。北町奉行所では、一応は腕利き《うでき》ということになっている。しかし、口から出てくるのは、いつも愚痴《ぐち》ばかりだった。

「あの男に用があって、湯島まで行ってきた。今日は聖堂《せいどう》での、儒者《じゅしゃ》たちの打ち合わせと聞いていたのでな。そうしたらやつめ、無断で打ち合わせをすっぽかし、こっちで油を売っているらしいではないか。それで、追いかけてきた」

聖堂というのは、公儀《こうぎ》の学問所である湯島聖堂のことだ。

「おい、お時《とき》。旦那に、なにか冷たいものを持ってこい」

「はぁい」

見世を切り盛りしている市松の妹のお時が、麦湯《むぎゆ》の椀《わん》を運んできた。

「おお、しばらく見ないうちに、すっかりと別嬪《べっぴん》になったたな。市松とは似ても似つかない器量よしだ」

剛次郎は、でれっと相好《そうごう》を崩した。

「同じおふくろの腹から産まれてきた兄妹ですが、お時は一笑千金《いっしょうせんきん》の美形で、あっしは悪党どもが一見失禁《いっけんしっきん》するほどの、鬼瓦《おにがわら》のような強面《こわもて》ですからね」

駄洒落《だじゃれ》と地口《じぐち》が大好物の市松は、自分をネタにして、けたけたと笑った。

「ところで、なにか難事件がもちあがりましたか？」

「うむ、わかるか」

「そりゃ、そうだ。旦那がうちの先生のことを探しているとなれば、お目あてがなにかは一目瞭然《いちもくりようぜん》ですよ。先生の耳だけに聞こえる『見えざる声』に、またぞろ、おんぶにだっこを決めこむおつもりでしょう」

柳屋を出た市松と剛次郎は、連れだって歩きはじめた。

市松は面相こそおっかないが、身形《みなり》は悪くない。名前にあやかった市松模様の格子《こうし》縞《じま》の着物に対《つい》の羽織《はおり》で決めて、すたすたと歩く。

剛次郎は口を半開きにして、まだはぁはぁと荒い息を吐いている。

これでよく吟味方与力が務まるものだ。剛次郎と接した人間なら、たいていはそう思うはずだ。だが剛次郎は、北町では敏腕与力ということになっている。

その絡繰《からく》りを、市松は熟知していた。

剛次郎は難題や難事件にぶつかると、頓着《とんちやく》なく幼馴染《おさななじ》みの伊能《いのう》小五郎《こごろう》を頼ってくる。

市松が気安く『先生』と呼ぶ小五郎は、このすぐ先の麹町善国寺坂《ぜんこくじざか》にある、公儀・学問教授所の教授を務めていた。

そんじょそこらにいる学者ではない。八歳で四書五経《ししよごきよう》の全巻をまるっと頭に入れてしまい、他の儒者たちを驚嘆《きようたん》させた。

三十歳になるいまは、官学《かんがく》である朱子学《しゅしがく》の教授として、公儀から扶持《ふち》を得ているが、じつはもう十年も前に朱子学はおっぽり投げて、もっぱら蘭学《らんがく》に専念している勝手者だ。

ふたりは麴町通りを横断して、旗本《はたもと》屋敷が密集する界隈《かいわい》に入った。

「ところで、旦那。今度の事件てのは、どんな色合いなんです？」

「うむ。ひとりの婦人の運命がかかっている。俺はすでに、どう裁断するか決めていて、周囲もそれで納得してはいるのだが……正直、腑《ふ》に落ちないところがあってな」

剛次郎は口元を引きしめた。

「その婦人が善か悪か、決めかねている。とはいえ、人間の命を奪うか、救うかの瀬戸際だ。裁きはよほど慎重にせねばならん。こういう由々《ゆゆ》しき大事を、あの偏屈者《へんくつもの》の小五郎に相談するのが、適切かどうか自信はないが」

剛次郎は瞑目《めいもく》して、首を小刻みに振った。

「まぁ、そのあたりはご心配にはおよびませんぜ」

市松はいささか、むっとした面付《つらつ》きで返してきた。

「たしかに先生は、生来、へそとつむじが曲がっている。お頭《つむ》は切れっ切れだが、根気も切れっ切れだ。朱子学の件じゃないが、飽きるとすぐに、涼しい顔をしてほっぽり投げやがる。けれどね」

えへん、とひとつ咳払《せきばら》いして、市松は言う。

「人の道を違《たが》えるお人じゃねぇ。そのご婦人がもし善ならば、快刀乱麻《かいとうらんま》、瞬《また》く間に善の証《あかし》を手繰《たぐ》りだして、旦那の鼻先にぶらさげるに違いない。逆に悪ならば、天罰覿面《てんばつてきめん》の一撃を、即座にお加えになるでしょうぜ」

「そ、そんなにむきになるな。俺と小五郎は、幼馴染みの盟友《めいゆう》だ。あの男のひらめきに全幅《ぜんぷく》の信頼を寄せているからこそ、こうして足を棒にして、麹町くんだりまでやってきたのだ」

剛次郎がひるんだので、市松はたちまち機嫌を直した。

「まぁ、旦那のご懸念もわからなくはない。なにしろ先生は、付き合いづらいところがある。酒の席もお嫌いだしね。あっ、いま思いだしたんですが」

市松は、きっきっと思いだし笑いをした。

「長崎《ながさき》遊学の帰りにわざわざ立ち寄った天橋立《あまのはしだて》の絶景を、下を向いて渡ったっていう、天邪鬼《あまのじやく》ですからね。砂州《さす》は足元が危《あや》ういからと」

「ああ、その話なら俺も聞いている」

剛次郎もつられて笑った。

「もったいない話ですぜ。あっしなんか、一膳飯屋《いちぜんめしや》の箸立《はした》てぐらいしか見たことないってのに」

「おい、市松」

頰《ほお》から笑みを消した剛次郎が、少し尖《とん》がった。

「おまえ、俺が小五郎のことを少しでも悪く言うと、すぐ怒るくせに、自分だって、けっこう言うじゃないか」

市松はおでこをぺこりと叩《たた》いた。

そうこう掛けあっているうちに、麴町通りから右に折れた善国寺坂の下に、公儀の学問教授所の屋根が見えてきた。

梅雨《つゆ》の晴れ間の昼下がりであった。

左右に連なる旗本屋敷の庭先で、奉公人たちが洗濯ものを干しているのが塀《へい》の隙間《すきま》から垣間見える。

「春過ぎて、夏来《き》にけらし、白木綿《しらもめん》の、ふんどし干したり、善国寺坂ってね。さぁ、聖堂から逃げだして麴町に籠城《ろうじょう》している先生のつむじは、今日はどっちに曲がっていますかね」

二幕

　麹町・学問教授所は、湯島聖堂に次ぐ公儀第二の学問所として、およそ五十年前の寛政《かんせい》三年の十月に開所された。肝煎《きもい》りは、往事《おうじ》の老中首座・松平定信《まつだいらさだのぶ》である。

　剛次郎と市松は、その学舎の脇にある学頭《がくとう》の役屋敷に、伊能小五郎を訪ねた。

「おい、なんだ。なにをしに来た」

　囲炉裏《いろり》のある板の間で、柱を背にして書物を読んでいた小五郎は、露骨に迷惑そうな顔をした。

「いきなりご挨拶《あいさつ》だな」

　座りこむなり、剛次郎はため息をついた。

「北町の吟味与力が、わざわざ江戸城の東から西にやってきたのだ。大切なお役目があってのことに決まっているだろう」

　剛次郎はいくぶん胸を反らしつつ、そう発した。

「もうおまえの泣き言は聞かん。自分で解決しろ」

　白皙《はくせき》の顔から、ちらっと冷徹《れいてつ》な眼差しを剛次郎に向けた小五郎は、すぐに目線を書物に戻した。

「蘭書か。おまえは儒学者のくせに蘭書ばかり読んでいると、聖堂の儒者たちが苦言を申しておったぞ。おまえの代わりに、この俺がお小言を拝聴《はいちょう》してきた」

「…………」

面倒なので、小五郎は返事をしなかった。脳裏が、かっかとしてくる。それほどにおもしろい読本《よみほん》だった。

「ああ、恵流奈《えるな》さん。こやつは、どんな蘭書を読んでおるのです」

茶椀を膝元《ひざもと》に置いてくれた妙齢の娘に、剛次郎は問うた。

「蘭書ではなく、エンゲルスという言葉で書かれた読本なのです。エンゲルスは、和蘭《おらんだ》の北西に浮かぶ島国の人たちの使う言葉だそうで」

小五郎の内弟子《うちでし》の筆頭《ひっとう》ということになっている恵流奈は、くすくすと笑った。

「小五郎は、和蘭以外の国の言葉も読めるのですか」

感心するというより、呆《あき》れたような剛次郎の声音《こわね》だった。

「和蘭語とエンゲルスは、兄弟のように似ているのだそうです。和蘭語とエンゲルスの間の字引きを入手したので、意味がおおよそ読みとれるのだと。読本と字引きで、四十両もしたのですよ。日本橋《にほんばし》・通町《とおりちょう》の本屋さんで入手したのですが、蔵前《くらまえ》の札差《ふださし》に来年分の俸給《ほうきゆう》を担保《たんぽ》にして、お金を工面したのです」

恵流奈は、じつにほがらかに笑った。

日蘭の混血である恵流奈の父親は、長崎出島《でじま》の和蘭商館員であったヤン・ファンデンベルグであった。恵流奈はファンデンベルグと丸山遊里《まるやまゆうり》の遊女・音葉《おとは》との間に生まれた娘である。

丸山の遊女が産み落とした女児は、そのまま遊郭《ゆうかく》で養われ遊女となることが多いのだが、現職の北町奉行・遠山《とおやま》左衛門尉《えもんのじよう》の実父である遠山景晋《かげくに》が、長崎奉行在任時に恵流奈に目をとめ、その将来を憐《あわ》れんで江戸に連れ帰った。

そして縁あって、いまは小五郎の内弟子となり、女医をこころざしていた。

「四十両ですか。要するに、この男はたわけですな。おい、小五郎。それでそれは、なんという本なのだ？」

「あらんぽうという読本作家が書いた、モルグ通りの人殺しという本だが……ええい、気が散る。もう読み続ける気が失せた」

小五郎はちっと舌打ちして、乱暴に本を閉じた。

「うむ、それでよい」

剛次郎は、にかっと笑った。

「異国の本など放っておいて、俺の話を聞け。よいか、ことは急を要するのだ」

「霧島藩《きりしまはん》というのが西国《さいごく》にある。四万石の小藩だ。事件は、その江戸藩邸で起きた」

小五郎はそっぽうを向いているが、剛次郎はおもむろに語りはじめた。

「藩主は四十年配で、是川伯耆守《これかわほうきのかみ》という。わがままで癇性《かんしょう》、しかも好色《こうしょく》。まぁ、しょうもない殿さまだが、妙に一途なところもあって、ひどい暗君《あんくん》というほどでもない。六尺豊かな巨漢《きょかん》ということも愛敬に映り、藩士や領民からも慕《した》われていたようだ」

一同で茶をすすりながら、話は続いた。

「伯耆守はいい年をして、毎夜、閨《ねや》に側室《そくしつ》を引っ張りこむ。まだ跡取りがいないということもあるのだろうが」

「助平《すけべい》なくせに、肝心な子種がないんですね。ほうきのかみが、空砲ばかり撃っているわけか」

一同して、市松の洒落の意味がわからず、きょとんとした。

「それが、かれこれ七日前のこと。その藩主の閨で、惨事《さんじ》があった。伯耆守の側室が、房事《ぼうじ》の最中に惨殺《ざんさつ》されたのだ。それだけではない、伯耆守自身も、時を同じくして頓死《とんし》した」

「まぁ」

恵流奈が悲鳴に近い声をあげた。遠い山並みのような、うっすらとした青い眉《まゆ》がつりあがった。

「殿さまと側室が、枕を並べて討ち死にですかい。まさか、相対死《あいたいじに》じゃないでしょうね」

御用聞きである市松が、情死、つまり心中を疑った。

「相対死などは、金と将来《さき》のあてのない庶民がすることだ。伯耆守は一国の殿さまだし、側室も藩内で羨《うらや》まれていた。まだ十六歳だったのだが、酷《むご》いことだ」

「碁《ご》で言う定石《じょうせき》ならば、ほかの側室を洗ってみるべきだろう」

そっぽうを向いたまま、小五郎がぽつりと口を入れた。

「つまりは、女同士の嫉妬《しっと》という線だな。さすがによい読み筋だ。だがな」

剛次郎は薄く笑った。

「下手人はもう割れているのだ。なにしろ、あたくしがやりましたと、自白している人間がいるのだからな」

余裕の笑み浮かべる剛次郎に、小五郎は右の眉をちらっとあげた。

「手をくだしたのは、添い寝役か」

「お、おい、小五郎、おまえ……」

剛次郎の頬から、笑みがすっ飛んだ。

「どうしてわかったのだ。もしや例の、天地《あめつち》の間から木霊《こだま》してくるという、見えざる声ってやつか。あれはおまえの、ただの与太話《よたばなし》じゃなかったのか」

目をぱちくりとさせる剛次郎に、小五郎は冷めた声でうながした。

「続けろ。どうして添い寝役は、自分がやったと自白したのだ。おまえが目串《めぐし》を差して、追いこんだのか？」

人を殺《あや》めたとなれば、当然ながら重罪。いわんや藩主の側室を、だ。添い寝役とすれば、死罪を覚悟のうえの告白であったはずである。

「いや、俺が追いつめたというのは……少しばかり違う」

剛次郎は決まり悪そうに、頬骨を掻《か》いた。

「はぐらかすな。それから、添い寝役というのは、か弱い婦人だろう。房事の最中の側室を、どうやって殺めたのだ」

もちまえの怜悧《れいり》な口調で迫る小五郎に、剛次郎はたじろいだ。

「待ってくれ。もう少しくわしく、状況を話す。添い寝役の八重垣《やえがき》殿が、下手人として固まるまでにはな……そのう、なんというか、いろいろと有為転変《ういてんぺん》があったのだ」

剛次郎は首を左右にぶるぶると振った。

「おい、剛次郎」

腰をあげた小五郎は、茶簞笥《ちやだんす》の奥から、小半《こなか》らと呼ばれる二合半入りの徳利《とつくり》を取りだした。

鼻をつまみながら、剛次郎の湯呑《ゆのみ》にごくごくと注《そそ》ぐ。粕取《かすと》り焼酎《しようちゆう》の、あくの強い匂《にお》いがした。

「それを一気に干して、一気に話してみろ」

「おお、心得た」

ぷはっと干した剛次郎が、各段によくなった滑舌《かつぜつ》で、子細《しさい》を語りだした。

三幕

そもそもは、築地《つきじ》にある霧島藩邸の周囲で立った噂《うわさ》が、隣町である八丁堀まで流れてきたことからはじまったという。

藩主・伯耆守が側室を殺めた……いや、殺められたのは藩主のほうで、殺めたのは側室だとか。はたまた、藩主と側室がふたりとも、殺害されたのだとか。

まさに流言飛語《りゅうげんひご》、いいかげんで雑多な噂が、八丁堀川を越えて流れてきたのだ。

「その噂が、遠山さまのお耳にも伝わってな。それで俺が、霧島藩邸に出向くことになった。ああ、なんと運が悪い。霧島藩へのお出入りは俺なのだ」

南北の与力・四十六騎は、それぞれ掛かりを分担する形で、二百七十諸侯《しょこう》の藩邸に出入りしている。

江戸の町政にかかわる相談役のような立場で、奉行所もなかば公認する形で、掛かりの藩から手当を受け取っていた。

「はじめは、いつも面談している江戸留守居役《るすいやく》が出てきた。禿《は》げた貧相な四十男だ。そらっとぼけて、『世はすべてこともなし、藩邸の中は何事もござらん』などと、太平楽な顔をしていた。ところがな」

その翌々日、その留守居役が、呉服橋《ごふくばし》の北町奉行所をわざわざ訪ねてきた。

まだ昼の時分刻《じぶんどき》にはずいぶんと間があるのに、呉服橋を渡った先の鰻屋《うなぎや》に、連れだされたのだという。

「菊水《きくすい》というその鰻屋の奥まった座敷に、江戸家老が待っていた。矢田軍太夫《やだぐんだゆう》という、名はいかめしいが痩《や》せて気弱そうな五十男だ」

剛次郎も口は悪いほうだ。八丁堀の与力・同心に共通の悪癖《あくへき》で、小気味よく相手を罵《ののし》るのが粋《いき》だと、勘違いしているのだ。

「その江戸家老が、『格別にご入魂《じっこん》の仲である深津殿なればこそ、清水《きよみず》の舞台から飛びおりる覚悟で、当家の秘事をお漏《も》らしいたす』などと、勿体《もったい》をつけてきた」

流言飛語が嘘《うそ》ではなかったことが、江戸家老の口から物語られた。

藩主・伯耆守が閨で頓死し、同衾《どうきん》していた十六歳の側室・和歌姫《わかひめ》も、その場で首を絞められて儚《はかな》くなった。

そして、和歌姫を扼殺《やくさつ》したのが添い寝役の八重垣。八重垣もまた、もとは藩主の側室で、三十路を過ぎたいまはお褥《しとね》をご辞退していた。

「さっきから、添い寝役という言葉がしきりに出てきますが……」

意味がわからないらしい恵流奈が、小首を傾《かし》げた。

「それはだな。大奥《おおおく》の作法を、各藩でも真似ておるのだ」

ためらいがちに、剛次郎は解説を続けた。

大奥で将軍が、お伽役《とぎやく》の御中臈《おちゅうろう》と同衾するときには、かならず屏風《びょうぶ》を隔《へだ》てて、別の御中臈が添い寝をする。その夜の相手役が、将軍にねだりごとなどをしないよう、監視するためである。

大名たちの藩政の仕組みは、おおよそ幕府の制度を真似て縮小したものだと言ってよい。奥向きの作法も、また大奥に準じたものが多かった。

小五郎がすぐさま添い寝役に目星をつけたのは、ただの直感というわけではなかった。

「そんなのひどい。理不尽です」

仙姿玉質《せんしぎょくしつ》ともてはやされる美形であるが、同時にとびきりの堅物《かたぶつ》でもある恵流奈が、容顔《ようがん》をむっとさせた。

「大奥では、添い寝役も大勢の御中臈が順繰《じゅんぐ》りに務めるわけだが、そこは四万石の小藩。側室もそんなに頭数がいるわけではないから、もっぱらお褥をご辞退した八重垣殿の役になっていたらしい。それでな……」

「待て」

小五郎が、滑舌の好調を維持《いじ》する剛次郎を押し止めた。

「霧島藩の連中が、一日で態度を豹変《ひょうへん》しておまえに秘事を打ち明けたのは、相続の手続きが二日の間に進んだということか」

「さすがは、小五郎、的《まと》は外さないな……ていうか、なんでも先まわりするな」

剛次郎は鼻白んだ。

是川伯耆守には、子がなかった。弟もいない。

普通は仮養子といって、不慮《ふりょ》の事態に備え、親戚《しんせき》の子弟を万が一の跡取りとして公儀に届けておくものだが、伯耆守はあくまで自分の血筋にこだわっていた。

それで仮養子も決めず、夜ごと励んでいたのだった。

「あの貧相な江戸家老と留守居役が、四万石の屋台が傾くほどの賂《まいない》を幕閣に撒《ま》いたのだろうな。千両箱の届け先は、ずばり、金の亡者《もうじゃ》である水野越前守忠邦《みずのえちぜんのかみただくに》さまだろう」

天保改革《てんぽうのかいかく》を推進する老中の名が、剛次郎の口から出た。

「それで、にわか養子が認められた。おまえの見立てどおりで、お家の存続が確保されたので、江戸家老と留守居役は、藩主と側室の死を打ち明ける気になったのだ」

「それで、跡取りになる養子は、どこから連れてきた。死んだ藩主の血筋なのだろうな？」

武家において養子に選ばれる最大の要因は、血筋が近いということだ。小五郎がぶすっと聞くと、

「佐太郎《さたろう》という、やっと十歳になるおとなしそうな子どもを、どこからか引っ張ってきたらしい。いやにあっさりと、次の藩主が決まったものだ。半日足らずで見つけてきたんじゃないかな」

剛次郎は鼻先に皺《しわ》を寄せた。

「伯耆守の、又従弟《またいとこ》の子だか孫《まご》だかで、とにかく遠い遠い縁戚の子らしいが、怪しいものだな。だから賂が高くついたのだ」

「へへ、無理を通せば道理がへこむ、じゃなくて、無理を頼めば賂が膨らむ、ですかい」

市松がきっきっと笑った。

「それで、添い寝役の八重垣が、和歌姫の首を絞めたわけは、藩主の寵愛《ちょうあい》を奪った若い側室への嫉妬。そういうありきたりの見立てをしているのか」

小五郎が、からかうように言うと、

「ああ、そうだ。それ以外の筋読みは無用だろう。というのもな」

剛次郎はもとからの霧島藩邸のお出入りらしく、訳知り顔に語った。

数年前の二十代のころまでは、八重垣が藩主の寵愛を独占していた。

ところが、いっこうに子を孕《はら》まないし、三十歳でお褥ご辞退という習《なら》わしがある。藩主の寵愛は、あらたに召《め》し抱えられた若い和歌姫に、すんなりと移行してしまった。

「つまりは、女同士の恨みだ。八重垣殿も、自分が手にかけたと白状しておる。相撲取《すもうと》りのような巨漢で性格には難《なん》ありだが、伯耆守は女たちからも慕われる殿さまだったらしい。八重垣殿も、伯耆守を好いていたのだ」

剛次郎は愉快そうに頬をゆるめた。

「女にもてるもてないは、単純な理屈ではないからな。なによりの証拠に、小五郎、おまえはすらっとした肢体《したい》に、端整《たんせい》な顔ながら、いまだに男やもめのままではないか。それに比べて俺には、才色兼備《さいしょくけんび》の奥方がいるからな」

調子に乗った剛次郎が、小腹を揺すりながら誇《ほこ》る。

「待ってください。先生が独り身を通されているのは、病《やまい》で亡くなった奥さまへの忠義のためです。先生がもてないはずありません」

「そうですよ、才色兼備だか知勇《ちゆう》兼備だか知りませんが、そもそも旦那が、あの理屈っぽくておっかない奥さまのところに養子に入ることができたのも、百が百、うちの先生のおかげでしょう」

恵流奈が目を怒らせると、市松も身を囲炉裏端《ばた》から乗りだしてきた。

「あっしは、知ってますぜ。おふたりが若いときの出来事を……」

市松がにやりと笑うと、

「ま、待て、俺に悪意はない。俺と小五郎は、ともに貧乏御家人《ごけにん》の冷や飯食いだったころからの盟友なのだし……」

剛次郎は泡を食いながら、両手を上下に振った。

松平定信によってはじめられた学問吟味は、聖堂における幕臣の子弟を対象にした筆記試験だが、門地のない者にとっての、いわば登竜門《とうりゅうもん》であった。

小五郎は初回挑戦の十五歳で、特等の甲種《こうしゅ》合格を果たし、定信のお声掛かりによって、儒者の家である伊能家に養子として迎えられた。

剛次郎は十八歳の折、三度目の挑戦で甲種合格したが、その答案は、素知《そし》らぬ顔でふたたび試験を受けた小五郎が、こっそりと幼馴染みに手渡したものだった。

おかげをもって剛次郎は、北町の名門与力である深津家に養子入りする。

「暴露話はそのくらいにしてやれ、市松。それよりも……」

小五郎は筆で描いたように、きりっとあがった眉を寄せた。

「側室が殺められたのは、ひとまず女同士の嫉妬ということにして、巨漢の伯耆守の死因はなんだったと、おまえは考えている？」

「それはだな」

すかさず剛次郎が応じる。

「四十になっても、毎晩だったらしいからな。そういう助平は卒中《そっちゅう》を起こしやすいのではないか。でなくとも、荒淫《こういん》でおまけに多食で肥満だ。房事の最中に突如、ううん～とうなって事切れることって、ありそうだろう」

「つまりは腹上死ですかい……側室と示しあわせての情死という線は、やっぱりありませんか」

市松は最初の見立てに、こだわった。

「だから情死はない。食い道楽に女道楽。人生を満喫《まんきつ》している殿さまが、心中するいわれなどない」

剛次郎がたしなめると、市松は盆《ぼん》の窪《くぼ》に手をあてた。

「伯耆守の死因については、俺はやんわりとその見立てを、江戸家老と留守居役に伝えてみた。鰻屋でな。そうしたらあのふたり、気色の悪い笑みを浮かべて、ふたりして片目をつむってきた。要は同意ということだ」

えへん、と咳払いして、剛次郎は一同を見まわした。

「以上が、おおよその顚末《てんまつ》だ」

恵流奈はうつむき、市松は頭を掻いたままだ。

小五郎は不機嫌そうにそっぽうを向いていたが、その白皙に、不意にうっすらと、刷毛《はけ》で刷《は》いたような赤みが差した。

「ときに、剛次郎。おまえはそこまで一件の筋読みを固めておきながら、ことさらになにを求めて俺のところに来たのだ」

いつもながらに、小五郎の口調は冷ややかだった。

「そ、それはだな、じつは霧島藩のふたりから頼まれていることがあるのだ」

めまぐるしく一喜《いっき》一憂《いちゆう》する剛次郎は、貧乏揺すりをはじめた。

「八重垣殿のことなのだが、ふたりを手にかけたと本人が認めている以上、霧島藩としても、断罪しないわけにはいかん。それでどう処断《しょだん》したらよいかと、もちかけられたのだ」

断罪、処断、といった恐ろしい言葉が出た。一同はじっと耳を傾けた。

「はっきり言って、俺は迷惑だった。奉行所でお奉行の裁きを、あらかじめ決めておく吟味方の仕事だって、本当は嫌なのだ。人の運命や生き死にを決めるなんて、願いさげだ」

剛次郎は湿っぽい面付《つらつ》きで、そうこぼした。

「泣き言はいい。中身のあることを続けろ」

小五郎に叱咤《しった》され、剛次郎は目をしょぼつかせながら続けた。

「俺は理屈を盾《たて》にした。我ら町方が処断できるのは、あくまで町場において町人に対してだけだ。藩邸内は治外《ちがい》法権だとな。八重垣殿のお仕置きは、霧島藩の裁量で進めてよいのです、と言ってやった」

「その建前は半分は正しいが、半分は逃げ口上《こうじょう》でしょう。旦那は霧島藩から、お手当をもらっているんだし」

御番所《ごばんしょ》の与力さまといえば泣く子も黙る存在だが、市松は遠慮がなかった。

それというのも、藩士が市中で、金や女がらみのことで町民と騒動を起こすことはしょっちゅうだし、事実上、町奉行所は藩邸内のことにも関与する。

「そ、それを言われるとつらい」

剛次郎は泣きそうな顔になっている。

「しかし、今回の要請は、もっとずっとつらい。連中は八重垣殿を死罪にすると決めておるのだ。それで俺にも、断罪の現場に立ちあってくれというのだ」

八重垣も、もとは藩主の側室である。藩としても、あからさまな形で罪を被《かぶ》せにくい。

なので、みずから喉《のど》を突いて自死したことにしてはどうか。そんな腹案を、江戸家老と留守居役は、剛次郎にもちかけてきた。

そして、裁きを決める本職の剛次郎から出た案としたいので、その了解を求めてきたのだという。

「明日香路《あすかじ》という、俳句集《はいくしゆう》か和歌集のような老女がいる。事件の夜も、閨の隣の部屋で宿直《とのい》していたらしいのだが、その老女が、八重垣殿を背後から介添えする形で喉を突かせるというのだ」

剛次郎は顎《あご》をわななかせた。

「じつにおぞましい。藩邸に八重垣殿の幽霊でも現れたら、

『あなたの死罪は、町方の深津という吟味与力が決めたことです』

あのふたりはそう言って、幽霊に許しを請《こ》うつもりだ」

目を泳がせている剛次郎に、小五郎はうんざりした声で叱咤した。

「取り乱すな。化けて出るとすれば、うら若い命を散らした側室が先だ。だいい

ち、見も知らぬおまえのところになど出てこないから、安心しろ」

億劫《おっくう》そうに立ちあがった小五郎は、剛次郎の背中を、二度、三度と叩いた。

「ところで、おまえはその八重垣という女性と会ったのか？」

「じつは昨日、藩邸で会ってきた。初体面で死に場に立ちあうのは、なんとなく寝覚めが悪いと思ってな」

剛次郎は、焼酎を手酌《てじゃく》で注いで呷《あお》った。

「意外だった。八重垣殿とは、おしとやかな顔をした婦人だった。それでいて、覚悟はできております……などと、性根の据《す》わった言葉を口にするのだ。あれは立派な女性であったぞ」

剛次郎はひきつった目を向けてきた。

罪を犯した八重垣に、剛次郎が『殿』をつけて呼ぶのは、その人となりに敬意の念を感じたからなのだろう。

「小五郎よ、俺はわからなくなった。八重垣殿が、うら若い和歌姫を、本当に手にかけたのかどうか……。だから、おまえに相談しにやってきたのだ」

「明日香路だか、大和路《やまとじ》だか、その老女にも話を聞いたんですかい？」

市松がはさんだ問いに、

「隣室で宿直をしていたら、閨で三人が争う気配がしたそうだ。『これ、和歌姫、思い知ったか！』などと八重垣殿が叫《さけ》ぶ声が、聞こえた気がすると」

　剛次郎は疎《うと》ましそうな声で応じた。

「つまりは、八重垣という女性は、はなはだ難しい状況なのですね」

　黙って聞いていた恵流奈が、ぽつりとつぶやいた。

　重苦しい空気が囲炉裏端に漂って、一同は押し黙った。

「興味深い、じつに興味深い」

　沈黙を破ったのは、小五郎だった。白皙の頰に朱が差していた。

「まぁ、先生、興味深いなどと……こんなときに不謹慎《ふきんしん》ですよ」

　恵流奈が遠山《えんざん》の眉を曇らせた。

「先生、聞こえましたかい。天地の間に木霊する見えざる声が」

　市松がはしゃいだ。小五郎の白皙に朱が差したときが、見えざる声が聞こえたときなのだと、知っているのだった。

「さっきから聞こえている」

「ならば、物惜《ものお》しみせず教えてくださいよ。見えざる声は、先生をどこに導こうとしているのですかい？」

「剛次郎の話に出てくる有象無象《うぞうむぞう》は、皆、嘘をついている。そう告げてきた」

小五郎は口元に、甘い笑みを浮かべていた。

「な、な、なんだと、小五郎。俺の話が法螺《ほら》だというのか、与太だというのか」

もちまえの凄《すご》みのない顔で、剛次郎はいきりたった。

「恵流奈、私はこれから霧島藩邸まで出向く。留守を頼むぞ」

立ちあがった小五郎は、腰から脇差《わきざし》を外して、囲炉裏端に置いた。

四幕

公儀学問教授所を出た三人は、麴町通りに出た。

半蔵門《はんぞうもん》の前を右に折れ、江戸城の外堀にそって東を指して歩いた。

小五郎は黒羽二重《くろはぶたえ》の無紋の小袖《こそで》。黒繻子《くろじゅす》の袴《はかま》に白扇子《しろせんす》を差している。脇差さえ帯びない無腰であった。

これから仕舞《しまい》の稽古《けいこ》にでも出向くような、軽やかないでたちである。

色白の秀麗《しゅうれい》な面《おもだ》立ちに、いくぶん緑がかった黒髪の総髪《そうはつ》。懐手《ふところで》にした指先を顎にあて、思案をしながら、流れるような足取りで歩く。

その後ろを、剛次郎と市松が、ぱたぱたと急ぎ足でついてくる。

「いまさらだが、まったくあいつは偏屈者だな。家の中では、きちんと脇差を差しているのに、いざ外出というときは、無腰になりやがる」

「いいじゃありませんか、それが先生の流儀なのだから」

「しっかし、あれでは、宮仕えは無理だな。せっかく大御所《おおごしょ》さまのお声掛かりで、湯島聖堂の儒者になったというのに」

小五郎は三年前、西の丸に隠居《いんきょ》して大御所となっていた前将軍・家斉《いえなり》の前で、四書のひとつである『大学《だいがく》』を進講し、その解釈がおおいにわかりやすいと称賛されて、銀十枚を与えられた。

「しかしな、あいつの解釈は軽妙洒脱《けいみょうしゃだつ》にすぎると、臨席していた林大學頭《はやしだいがくのかみ》さまが、吐き捨てていた。俺はお奉行からそう聞いたぞ」

林大學頭は林家《りんけ》の当主。林家は公儀の儒者たちの、いわば総元締めである。

「なぁ、市松。これからも俺とおまえで、小五郎の両脇を支えてやらんと、あいつは道を踏み外す。聖堂だけでなく、麴町の学問教授所にも居場所をなくして、お払い箱になるぞ」

剛次郎は案じる顔で続けた。

「ひらめき小五郎……それが、あいつの子どものころからの仇名《あだな》だ。本人は、天地の間から木霊する見えざる声……などと勿体をつけているが、要するに、一を知れば十、ひらめく男なのだ。だが、ひらめきすぎて、人の妬《ねた》みを買う。なんにせよ……」

つぶやくように剛次郎は漏らした。

「つまらないことでお役御免にさせるには、惜しい男だ。あいつの天眼通《てんがんつう》を、江戸の市井《しせい》のために、とことんこき使ってやらんとな」

「へへ、それが旦那のためでもありますしね」

市松が茶化すと、剛次郎はぺろっと舌を出した。

「おい、剛次郎」

小五郎は不意に振り向いた。

「おまえの心証《しんしょう》としては、どうなのだ。八重垣という人は、清《せい》か濁《だく》か」

「それが判然としないから、おまえのところに来たのだ。だが、あえて黒白をつけるとなれば、俺は八重垣殿を信じたい」

「そうなのか」

小五郎は無表情に応じ、

「節穴《ふしあな》の目だからこそ、映る真実もあるからな」

ぷいと目線を前に戻して、足を急がせた。


霧島藩邸は、築地本願寺《ほんがんじ》の西側にあった。東に十町《じっちょう》も進めば江戸前の海で、藩邸の門前に立つと、潮《しお》の香りがした。

三人は書院《しょいん》に通された。

「これは、これは」

なるほど小柄で貧相な留守居役が、ぱたぱたと廊下を走ってきた。

「すぐにご家老もまいります。ご挨拶はそのうえで」

と発しつつ、小五郎の顔を恐々《こわごわ》と盗み見てくる。

「よう、まいられましたな」

ややあって、こちらも気弱そうな矢田軍太夫が、なんと女連れで入ってきた。

「奥向きの老女を務める、明日香路でございます」

四十路《よそじ》がらみの老女が、きちんと指をついて挨拶をしてきた。白塗《しろぬ》りのひらべったい顔をしている。

「公儀学問所教授・伊能小五郎です」

小五郎はぽつっと発して挨拶とした。

「それから、あの男は我らの従者で、柳屋市松」

遠慮して廊下に控えている市松を、剛次郎が紹介した。

「三人連れとは頼もしいかぎりじゃ。ちょうどよい。明日香路殿から、深津殿にお知らせすることがあったのであろう」

軍太夫がそらとぼけた顔で、老女に目をやった。

「はい。八重垣殿が、ご生害《しょうがい》を遂《と》げる日取りのことですが」

明日香路が切りだすと、

「ご、ごしょうがい！」

生害とは自決することだ。剛次郎の膝小僧が、かくかくと震えた。

「明後日はどうかと、ご家老やお留守居役殿と話しておりました。本人も観念いたしておりますので、深津さまには、明後日の夕刻、再度のお出ましを」

首から胸まで白塗りの明日香路だが、首筋には烏賊《いか》のように青い血管が浮き出ていた。白塗りも脂汗《あぶらあせ》でところどころ、はげてきている。

奥向きで起きた騒動に、心気がかなりくたびれている。そう見てとれた。

「いや、そのことでな」

剛次郎は決まり悪そうに言う。

「この教授殿が、一度、八重垣殿に面通ししたいと申されるのだ」

留守居役と軍太夫は鈍そうな面付きで、小首を傾げた。

「八重垣ならば、亡くなった藩主公の茶室を座敷牢《ろう》代わりにして、押しこめておりますが……」

留守居役が軍太夫の顔色をうかがった。

「それは公儀による、詮議《せんぎ》でござるかな？」

軍太夫は迷惑そうな様子を、隠そうとしなかった。

「ご定法《じょうほう》によれば、藩邸内で起きたことは、藩の一手で裁きをしてよいとされており申す。我らはただ、霧島藩が理不尽な裁きをつけたのではないという、後日の証のために、与力殿にご相談申しあげてきただけのこと」

「普通の藩邸ならば、それでよろしかろう」

小五郎はいつもながらの無愛想で応じる。

「教授殿は、霧島藩邸は普通ではないと……」

軍太夫は目をぎょろっとむいて、気弱な仮面の裏から、凄みをきかそうとしてきた。

「普通の藩邸ならば、奥向きの老女がのこのこと表に現れて、客と面談などしないだろう。よほどの取りこみ中と見たので、普通ではないと申したのです」

小五郎の冷ややかな声音に、軍太夫は飲まれたように押し黙った。

「八重垣殿は動揺して、落ち着きをなくしております」

平目顔の明日香路が口を入れてきた。そういう自分も、指先が震え、落ち着きがなかった。

「覚悟を決めているとは申せ、あと二日の儚《はかな》い命と思えば、当然でございましょう。どうかお情けをもちまして、この世の名残《なごり》を、心静かに過ごさせてやってくださいませ」

明日香路は白い指をついて、低頭した。

さきほどから震えているその指先が、あかぎれでもしたように爛《ただ》れているのが、小五郎の目にとまった。

御殿暮らしの老女が、女中のように掃除や炊事《すいじ》をするわけではあるまい。奇異に感じたが、いまは別のことで申し入れておくことがあった。

「心静かにですか……温かいご配慮ですな」

口元に笑みを浮かべたまま、小五郎は言葉を重ねた。

「ならば藩主・伯耆守殿と、亡くなった和歌姫の亡骸《なきがら》をあらためたい。いまからご案内、いただけますか」

「いや、おふたかたの亡骸の検分ならば、与力殿が済まされており申す」

軍太夫は、またもや遮《さえぎ》ってきた。

「そうだ、先日、もう俺があらためた。先んじて申しておくが、俺の目は節穴ではないぞ」

剛次郎が、きゅっきゅっと小五郎の袖を引いた。

「それに、亡骸はすでに通夜《つや》を済ませ、手前がお供をして菩提寺《ぼだいじ》にお送りしてしまいました。なので、教授殿のご意向には添えません。悪《あ》しからず」

留守居役は残念そうに一礼した。

「して、その菩提寺は？」

小五郎が流れで聞くと、

「ああ、芝《しば》の仙林院《せんりんいん》でござる」

留守居役は、ぽろっと口にした。

「これっ」

軍太夫が留守居役を横睨《よこにら》みした。

「お邪魔いたした」

小五郎は一礼もせず、腰を浮かした。

「おい、小五郎、江戸家老を怒らせてどうする。俺の霧島藩への出入りは、これからも続くのだぞ」

夕日に映える築地本願寺の巨大な甍《いらか》を仰《あお》ぎ見ている小五郎に、剛次郎が嚙《か》みついてきた。

「霧島藩の連中が、おまえに相談をもちかけた理由については、嘘はないようだな」

「もちろん、嘘ではあるまい。ああ、それから、読売屋《よみうりや》のことがある。このことはまだ、おまえたちに語っていなかったな」

剛次郎は、本願寺前で店開きしている水茶屋を指さした。

三人は通りに面した長床几《ながしょうぎ》に腰をおろした。

「ああ、疲れる一日だなぁ」

剛次郎はさっそく団子《だんご》を注文して、たちまちたいらげると、人心地ついたように、のんびりと茶をすすった。

「読売屋が霧島藩邸の一件をネタにするのを、押さえこんでくれ。藩邸の狸《たぬき》どもは、そうおまえに依頼したわけか」

しゃべりださない剛次郎の代わりに、小五郎が代弁《だいべん》した。

「正確に言うと狸と平目《ひらめ》でしょうが、どっちにしろ抜け目がありませんね」

小五郎と市松の言に、

「おい、急《せ》かすな。ちゃんと俺がしゃべる」

剛次郎は茶碗を置いた。

「怪しげな噂が広がっていたことは、さっきも話したな。人の口に戸は立てられん。奥向きの大騒ぎを、藩邸内の少なからぬ人間が知っている。噂はさざなみのように屋敷塀を越えて、この築地一帯の町場に広がりだしていた」

築地は本願寺と大名屋敷の町だが、西側には、銀座《ぎんざ》や尾張町《おわりちょう》の町場が広がっている。

「藩の上層部にしてみれば、幕閣に賂を撒き、にわか養子を立てるよう動いていたところだったのだ」

剛次郎は幾分、声をひそめながら続けた。

「噂のなかには、伯耆守は刺殺《しさつ》されたというのもあった。そんな物騒な声が幕閣の耳にまで届いたら、せっかく運びこんだ千両箱が死に金になるからな」

急病死なら、賄賂《わいろ》次第でにわか養子を立てやすいが、刺殺なら大変な醜聞《しゅうぶん》で、藩は存亡《そんぼう》の危機となる。

「霧島藩としては、とにかく噂を広げたくないのだ……おい、親仁、団子のお替わりだ」

剛次郎は、そこだけ張りのある声で追加を頼んだ。

「へへ、読売屋は奉行所の目こぼしで食っているようなもんだから、書くなと命じられたら、そりゃ書きませんよね。狸と平目は、やっぱり抜け目ないや」

市松も団子を食いながら、きっきっと笑った。

読売には、しばしば、ご政道の批判めいたネタも載る。

奉行所は口頭でたしなめたり、ときに版木《はんぎ》を取りあげたりはするものの、読売屋をひっくくることまでは滅多にしない。

「要するに、上は大名屋敷から、下は読売屋まで。我ら町方とは折り合いよくやっていきたい……そういうことなのだ」

剛次郎は機嫌よく、ふた皿目の団子に手を伸ばした。

「剛次郎、ちゃっちゃかと食え。食ったら行くぞ」

小五郎は渋茶《しぶちゃ》を飲み干した。

「急《せ》かすな。どこに行くのだ……おい、まさか、いまのいまから芝の仙林院か。もう暗くなってきたじゃないか。与力さまを、どこまでこき使うのだ」

不平を垂れつつ、剛次郎は団子をひと口で喉に詰めこんだ。

「霧島藩は西国だが、ここは江戸だ。火葬《かそう》には付すまい」

小五郎は、ぽつっと独りごちた。

おおまかに、上方《かみがた》では火葬が主体で、江戸では土葬《どそう》が多い。

「それに俺の勘では、まだ埋められてはいない気がする」


幸い、築地から芝は近い。仙林院は、芝・愛宕山《あたごやま》の西南の麓《ふもと》にあった。

「もう真っ暗じゃないか。薄っ気味悪いし、寺だって迷惑だろう」

道すがら文句を言い通しだった剛次郎は、仙林院の寺門の前に来ても、まだぶつくさと不平を垂れていた。

夕闇《ゆうやみ》が夜闇に転じた寺町は、たしかに人魂《ひとだま》でも浮いてきそうだった。

「俺は行かん。ふたりの屍体《したい》は見ているのだ」

いやいやをするように首を振って、剛次郎は道端に座りこんでしまった。

「ならばよい。それより金を出せ。銀の小粒《こつぶ》をふたつ、三つでよい。それから与力の名札もだ」

剛次郎を上から見おろしながら、小五郎はうながした。

「なにに使うのだ。くっそう、さっきは団子代も俺に出させておいて」

「食ったのはもっぱら旦那だから、当然でしょう。それより、探索のための酒手《さかて》です。早く出してくださいよ」

市松は、くいっくいっと手のひらを突きだした。

「しかたないか」

腰をなかば浮かしながら、剛次郎は懐をまさぐった。

「へへへ、神社仏閣の中も、本来ならばあっしら町方は、お呼びでないんですがね」

言うまでもなく、寺社地は寺社奉行の管轄《かんかつ》である。

「かまわん。後日、もしも訴えられたら、剛次郎に詰腹《つめばら》を切らせればよい」

幸いなことに、寺門の潜《くぐ》り戸《ど》はまだ開いていた。

小五郎はすすっと進んで庫裏《くり》の戸を開き、納所坊主《なっしょぼうず》と交渉した。

剛次郎の名札と三粒の銀が、ものをいった。ただし短い時間にかぎると、納所坊主は小声で釘《くぎ》を差してきた。

二体の亡骸は、それぞれ別の場所に安置してあるという。

伯耆守の遺体は、本堂の右手の部屋。和歌姫は左手の部屋。同じひとつの閨を死処《ししょ》にしたふたりだが、引き離されてしまっていた。

当院の住職には内緒だ。くれぐれもお静かに……と、最後に納所坊主は念を入れてきた。

「俺は伯耆守の亡骸に目を通してくる。市松、おまえは和歌姫の死に顔を見てこい」

「生きているなら、たいそうな役得ですがね」

市松は喉を鳴らした。

「いいか、死《し》に痣《あざ》の出方や強張《こわば》りの様子だけでなく、秘所の様子もあらためてくるのだ」

「ひ、秘所ですかい。それこそ、生きているなら目の法楽だが……」

市松は口をぱくぱくとさせた。

「意図するところはなんです。まさか見えざる声が、秘所をあたれ、なんて響いてきたわけじゃないですよね」

「そうではない。ただの山勘、念のためにだ」

「まさか先生が下ネタ好きとは思えませんが……」

「好みの問題ではない。とにかく見てこい」

「そりゃまぁ、そこまで言うんでしたら……」

なおも不満をつぶやきながら、市松はこくりとうなずいた。

小大名とはいえ、藩主と愛妾《あいしょう》の亡骸である。遺体を守る藩士のひとりぐらいついているかと予期していたが、本堂には人っ子ひとりいなかった。

小五郎は右手の部屋に入った。

抹香《まっこう》くさいだけでなく、黴《かび》くさい。普段は仏具置き場に使われているようだ。

行灯《あんどん》に火をともすと、きちんと敷かれた夜具に横たわっている伯耆守がいた。

なるほど、相撲取りと思えるほどの巨漢だった。腕も、長い毛の生えた指も、太い。

俗《ぞく》に町与力、火消《ひけし》、相撲取りを、江戸三男と言う。

恰好がよくていなせな火消は当然だが、身形のいい与力も、もてる。もちろん、剛次郎は例外だが。

それに、力士の人気も半端ではない。もし伯耆守が力士であれば、いま以上にもてる口だったろう。

白羽二重の襟《えり》に手をやって、大きく広げてみた。帯も解いてみる。

小さな吐息《といき》が出た。横腹に生々しい刀傷があって、傷口は深そうだった。

思いあたることがあり、下帯《したおび》も解いてみた。

伯耆守の逸物《いちもつ》は、生きているときは立派だったろうが、いまは情けなく縮《ちぢ》みきっている。ただ全体が変色している感じで、どことなく歪《ゆが》んで見えた。

小五郎は伯耆守の衣服を、もとどおりに整えた。

本堂に戻ると、反対側の小部屋の襖《ふすま》を小さく開き、

「市松、秘所はもう見なくてよいぞ」

と声をかけた。

本堂を出て、そのまま寺門のほうに歩いた。

「先生、置いてかないでください」

市松が追いすがってきた。

五幕

仙林院のすぐ東側に、江戸でも指折りの盛り場である芝切通《きりどお》しがあった。

「おい、酒だ。ぬる燗《かん》でいいから、二、三本、すぐに持ってきてくれ」

ありふれた煮売り酒屋に入り、椅子《いす》代わりの酒樽《さかだる》に座るなり、剛次郎は店の小女《こおんな》に言いつけた。

「なんだ、飲まぬという約束だから、付き合ったのだぞ」

酒気を嫌う小五郎が、冷淡な眼差しを向けると、

「そんな殺生《せっしょう》なことは申さんでくれ。夏来にけらしとはいえ、梅雨寒の夜は冷える。俺は小便をこらえながら、門前で待っておったんだ」

「へへ、旦那、ここで漏らさないでくださいよ」

軽口を叩きながら、市松は小女から受け取った二合徳利で、三人の杯を満たした。

「それで検死はどうだった。これといったことはなかっただろう」

市松の酌で立て続けに干した剛次郎が、注《つ》ぎ返しながら問うた。

「大ありですぜ。かわいそうに和歌姫の顔は、絞《し》め殺されて鬱血《うっけつ》していたんですがね……」

　市松は杯を置いて嘆息《たんそく》した。

「よほど、ぶっとい指で絞め殺されたんでしょう。かぼそい首に、でっかい指の跡が、しっかり十か所、残っていましたぜ」

「おい、待て、待て」

　剛次郎も杯を置いた。

「和歌姫の首を絞めたのは、八重垣殿のはずだぞ。面妖《めんよう》だな。俺は八重垣殿と対面したが、か細い人だった。指も白魚《しらうお》のようであったはずだ」

「つまりは、和歌姫を扼殺《やくさつ》したのは、伯耆守。そういうことですかね、先生」

　問うてくる市松に、小五郎は苦笑いしつつ返した。

「伯耆守の手は熊《くま》のようにでかく、海老《えび》の甲羅《こうら》のようにごつごつとしていた。それからな……」

　伯耆守の死因は頓死などではなく、横腹をひと突きされての刺殺。

　小五郎は、仙林院の小部屋で見てきたままを告げた。

「待て、待ってくれ」

いよいよ剛次郎は狼狽《ろうばい》した。

「伯耆守が側室の首を絞めて殺めたということか。だけでなく、伯耆守も誰かにぐさりとやられて死んだと……もしそうなら、まずい。非常にまずい」

剛次郎は置いた杯に、かたかた震えながら手酌で注いだ。

「女同士の嫉妬による、いがみあいということなら、いたって不面目《ふめんもく》で物笑いのタネではあるものの、霧島藩は存続できよう。大枚《たいまい》の賂が動くことでもあるしな。しっかし藩主が側室を縊《くび》り殺《ころ》し、自分も刺し殺されたとなると、事態はより深刻だ。極めて、極めて、深刻だ」

くっと呷った剛次郎は、はぁはぁと、また舌を出してあえいだ。

藩主だからといって、藩士領民を好きにしていいわけではない。むしろ藩主だからこそ、その品行については世間もうるさいし、公儀も手厳しい。

武士の斬《き》り捨て御免など、建前だけのことだ。

こんなこともあった。

二十五年ほど前の文化《ぶんか》年間、浜松《はままつ》六万石の井上河内守正甫《いのうえかわちのかみまさもと》は、百姓の女房を強姦《ごうかん》し、怒って天秤棒《てんびんぼう》を振りかざしてきた亭主《ていしゅ》の片腕を、動転して振りまわした大刀で斬り落としてしまった。

その話が町場に広がると、世間は辛辣《しんらつ》であった。

正甫は強淫《ごういん》大名として糾弾《きゅうだん》され、公儀は井上家を、温暖《おんだん》な浜松から、しくじった大名が懲罰《ちょうばつ》として転封《てんぽう》される、奥州棚倉《おうしゅうたなくら》・五万石に移した。

浜松の実収は十五万石。痩せ地である棚倉の実収は、表高《おもてだか》をはるかに下まわると言われている。

「そうだな。ことが公《おおやけ》になれば、霧島藩四万石はふっ飛ぶかもしれん。運よく大名にとどまったとして、せいぜい一万石だな」

小五郎は淡々と見通しを述べた。

「ちっきしょう、お出入り与力としての俺の面目は、丸潰《まるつぶ》れだ」

剛次郎は杯で、かたかた飯台《はんだい》を叩いていたが、

「しかしな、なにが悲しくて伯耆守が、和歌姫を手にかける。八重垣殿がお褥を辞退して以来、和歌姫をもっぱら寵愛していたのだぞ」

今度は徳利を握りしめて、ごとごと叩きながら嘆《なげ》いた。

「伯耆守をめぐる、側室同士の女の嫉妬……そう読み解くほうが、わかりやすいではないか。もっとも、伯耆守が刺し殺されたことについては、俺もなにがなんだかわからん」

「房事の最中に、なにかが起きたのだ」

騒々しい剛次郎にはとりあわず、小五郎はひとりごちた。

「伯耆守と和歌姫の間にですかい？」

問うてくる市松に、

「いや、八重垣も含めた三人の間にだろう」

小五郎は、きりっとあがった眉を寄せて思案した。

「おい、なにかひらめいてはこないのか」

剛次郎はせっついてきた
「心あたりはある。シーボルト先生の講義で教えられた、男女の間の、不慮の事故のことだ。講義の手控え帳を読み返してみれば、はっきりする」

小五郎は思案を続けながら、発した。

「剛次郎、おまえはいまから御番所に戻り、八重垣と和歌姫のことをくわしく調べろ。実家はどこなのかとか、もしかして、以前からつながりがあったのではないかとか、そうしたことをだ」

「いまからか……まぁ、しかたあるまい」

剛次郎は未練ありそうに、杯を伏せた。

「それから、藩の連中が引っ張りだしてきた、佐太郎というにわか養子についても素性《すじよう》を知りたい。この件は、遠山奉行にあちこちあたってもらったほうがいいだろう」

小五郎は言葉を重ねた。

「夜分だが、いまから遠山さまのお役宅を訪ねて、お願いしろ」

矢継《やつ》ぎ早《ばや》に用事を並べられ、剛次郎はあたふたとした。

「いろいろとあるうえに、どれもこれも、いまからか。おい、市松。俺も覚えるが、おまえも覚えておいてくれ。抜けがあってはいかんからな」

剛次郎は気弱そうな顔で、市松を巻きこんだ。

「それからな、いまから俺が言うことについて、明日の昼までに、遠山さまに用意してほしいものがある」

「こ、心得た。おまえがなにを言いだすか見当もつかんが……」

剛次郎、それに市松も、耳を寄せてきた。

その翌日、小五郎はみずからも早朝から動いた。

恵流奈をともなって築地界隈まで出向き、霧島藩邸の人間について、手分けして辻々《つじつじ》の店や長屋の井戸端で聞きこみをした。

昼までまめに聞きまわったので、いろいろと耳にすることができた。

そのなかでいちばんの収穫は、いちばんの驚きでもあった。

八重垣と和歌姫は、ともに明石屋《あかしや》という海産物問屋から、献上《けんじょう》されてきたのだという。

明石屋は銀座四丁目と尾張町の境《さかい》の四つ角。通称、十文字と呼ばれる目抜き通りに店を持つ大店《おおだな》であった。

霧島藩だけでなく、築地界隈のほとんどの大名屋敷の御用達《ごようたし》になっている。

当主の金兵衛《きんべえ》は山っ気が強く、あちこちから見栄えのよい娘を養女に迎え、明石屋で行儀作法を仕込み、大名家の奥向きに奉公させる。

うまくすれば、ゆくゆく大名の外祖父《がいそふ》になることを目論《もくろ》んでいるのであろう。

また金兵衛には、金太郎《きんたろう》という跡取りがいたのだが、ぐうたら息子のうえに女に手が早く、十五年も昔に勘当《かんどう》になっているという。

八重垣については、途中までは、金兵衛の目論見どおりだった。伯耆守に十数年の間、寵愛された。しかし子を孕まず、ついにお褥辞退となった。

すると金兵衛はすかさず、和歌姫を伯耆守の閨に送りこんだ。

銀座四丁目の蕎麦屋《そばや》で、恵流奈と昼食をとった。

「なんだか悲しい話ですね。おふたりとも明石屋の養女。つまり、姉妹ということなのでしょう」

食休みの座談で、最初は憤激《ふんげき》していた恵流奈だったが、やがて萎《しお》れてしまった。

「もともとは、ごく普通の町場の人だったのでしょうね。お八重さんとか、お和歌さんとかいう名前の」

しみじみとした口調で、恵流奈は言葉を重ねた。

「それが、まるで運命をもてあそばれるかのように……小五郎さま、神さまって、どうしてそんな意地の悪い巡りあわせに、人を導くのですか？」

悲しい目をして、それでいて挑《いど》むような口調だ。

「神などはいない。いるのは人の運命をもてあそぶ人間と、もてあそばれる人間だけだ」

いつに変わらない口調で、小五郎は返した。

「死んだ和歌姫という人は返ってこない。神さまがいないとおっしゃるなら、小五郎さまが、まだ生きている八重垣さんを救い、おふたりの運命をもてあそんだ人間に、鉄槌《てっつい》を食らわしてやってください」

恵流奈が受けた心証でも、八重垣に悪の匂いは感じとれないようだ。

「和歌姫を殺めたのは伯耆守だろうが、自分もまた死んだ。八重垣という人が白だとしても、まだ証が足りん」

八重垣は潔白《けっぱく》だとすると、伯耆守の腹を刺したのは、誰なのだろうか。

「ほかにも有象無象がうごめいているが……」

昨日の夜半、師であるシーボルトの講義録に目を落としていた小五郎は、伯耆守の閨でなにが起きたのかについて、極めて粗々《あらあら》ではあるが思い描けていた。

「これは勘に過ぎないが、明日香路という老女の身が危うい気がする。私はこれから奉行所で、剛次郎から荷物を預かり、すぐ築地に戻ってくる。それから、霧島藩邸に急ぐ」

従容《しょうよう》として死を待つ女性の、まだ見《まみ》えたことのない面影《おもかげ》が瞼《まぶた》に浮かんでいた。

見えざる声が、はっきりと聞こえている。

八重垣という女性は正しい、と。

六幕

昼下がりに呉服橋のたもとに行くと、ちょうど、剛次郎が奉行所の門から出てきたところだった。

「なぁ、小五郎。本当に俺は行かなくてよいのか」

唐草《からくさ》模様の風呂敷包みを手渡してきながら、剛次郎は確かめてきた。

「無用だ。おまえが顔を見せないほうが、霧島藩の連中に、こっちの覚悟が伝わる」

風呂敷包みを小脇に抱えた小五郎は、少し言葉を交わそうと、奉行所の塀際に寄った。

「へへ、先生と旦那。立ち話もなんですぜ」

そこにやってきた市松が、ふたりを呉服橋を渡った先の水茶屋に誘った。

その水茶屋には、奥に小あがりの座敷があった。

「お奉行がな、夕べから諸方に書付を出して、大急ぎで調べてくれた。遠山さまは、江戸城中の茶坊主たちにも伝手《つて》があるようだ」

座敷に座るなり、剛次郎はにっと笑った。

「これはついさっき、お奉行が耳打ちしてくれた。老中の世話をする茶坊主からのネタだ。茶を替えにいった御用部屋で耳にとめたらしいのだが、老中たちが今朝方、つぶやいていたそうだ」

そう前ぶりして、剛次郎は語りだした。御用部屋とは、老中たちの執務する部屋のことだ。

「にわか養子に立った佐太郎だが、どうやら矢田軍太夫の隠し子らしい。軍太夫自身が伯耆守の又従弟らしいから、血筋といえば血筋だが、やはり怪しげな話だった」

茶を口に含みながら、剛次郎は続けた。

「水野忠邦さまは、最初は佐太郎を跡目にすることに、難色を示していたらしい。血のつながりが薄いというのが理由だが、本音《ほんね》を言えば、自派の大名の庶子を霧島藩に送りこむ腹だったようだ」

「おもしろい。老中がお家乗っ取りを企《たくら》んだのか」

小五郎は鼻先で憫笑《びんしょう》した。

「それであわてた軍太夫が、千両箱の積み増しをした。市松の言い草を借りれば、無理を頼めば、賂がかさむってやつだ。霧島藩というのは、もともとはごく普通の貧乏藩だったが、これで西国一の貧乏藩に躍り出たわけだな」

剛次郎は鼻から、大きな息を吐いた。

「それからもうひとつ。これは別の茶坊主からのネタらしいが」

江戸城本丸には、登城《とじよう》してきた大名に湯茶の世話をする表坊主がいる。

「伯耆守の世話掛かりの表坊主が言うにはだな、ここのところの伯耆守は、すごく機嫌がよかったそうだ。とてものこと、心中などする様子ではなかったと。俺が言ったとおりだろう」

剛次郎は市松に、どうだとばかりに誇った。

それから、その表坊主の話をくわしく伝えた。

『この茶は美味《うま》いな。新茶か？』

つい先日も、そう伯耆守から聞かれたので、

『宇治《うじ》で新しく栽培された、玉露《ぎよくろ》という新種でございます』

表坊主はそう答えた。

『おそらくは畑も新しいのだろうな。なんにしても、畑は新しいにかぎる』

と、伯耆守はすこぶる上機嫌だったという。

「……子ができていたのか……和歌姫に」

小五郎は意表をつかれた思いがした。

「私のほうのネタは、こうだ」

八重垣と和歌姫は、ともに明石屋の養女。小五郎がその件を告げると、

「おっどろいたなぁ」

剛次郎と市松はたまげた顔で、異口同音に発した。

「ところで、先生。あっしの耳のほうにも……」

市松もまた、五人の手下を繰りだし、聞きこみにまわってくれていた。

「伯耆守は頓死じゃなくて、殺められた。やはり、そんな噂が広まっています。死因については雑多な噂が行き交っていたのですが、殺されたってのが、主役になってきていますね。ああ、それから」

えへん、と咳払いして、市松は語り継いだ。

「なんともいわくありげなネタまで、舞いこんできましてね。同じ銀座の乾物屋《かんぶつや》の娘が、霧島藩邸に奉公に出ていました。それがこないだからの騒動で嫌気がさし、暇《いとま》をとって実家に戻ってきたんです。その娘の口から出たところによりますとね……」

眉間《みけん》に皺を寄せながら、市松は続けた。

「八重垣さんと和歌姫ってのは、顔がとっても似ているらしいんです。細面《ほそおもて》のはかなげな面差《おもざ》しでね」

「驚くことはない。その手の顔が、伯耆守の好みなのだろう。自分好みの女を、側女として集めただけのことだ」

剛次郎は訳知り顔で言った。

「八重垣というのは、三十二か三。和歌姫は十六か」

小五郎は重苦しい思いに、胸を嚙まれた。

「なんだ、小五郎。なにをぶつぶつ言っている」

剛次郎が訝《いぶか》った。

「この一件に出てくる役者は、田舎くさい三文役者ばかりだと、最初は思っていた。途中で軍太夫という敵役《かたきやく》は現れたが、それにしても三文芝居だとな」

小五郎は唇を嚙んだ。

「筋書きは三文芝居だが、結末は無残すぎる。神が裁かないのなら、この私が鉄槌を食らわしてやる」

剛次郎と市松を見て告げた。

「銀座四丁目の明石屋の周辺を、もっと洗ってくれ。金兵衛の倅《せがれ》で、勘当になった金太郎という馬鹿息子の行状も気になる」

霧島藩邸にはひとりで再訪するつもりだったが、どうしてもという市松がついてきた。

藩邸の屋敷塀の脇に、二挺《ちょう》の駕籠《かご》がとまっていた。

宝仙寺《ほうせんじ》駕籠と呼ばれる、春慶塗《しゅんけいぬ》り仕立てで、簾窓《すだれまど》までついた美麗《びれい》な駕籠だ。町人用としては、最高級だった。

小五郎と市松は駕籠に近づいた。

「たいそうな駕籠だな。乗ってきた御仁《ごじん》たちも、たいそうなのだろうな。まぁ、帰りに一杯やってくれ」

退屈そうにしている駕籠かきたちに、小五郎は酒手を渡した。

「なにが知りたいんだ、あんた」

一朱金《いっしゅきん》をさっと懐に入れた駕籠かきが、怪訝《けげん》な目で見返してきた。

「なにも知りたくはない。ただ私の勘があたったかどうか、確かめたいのだ。金満の匂いがぷんぷんとするが、察するにこの駕籠を雇って乗ってきたのは、両替屋だろう」

　その駕籠かきは首をひねったが、

「あんた……酔狂《すいきょう》な人だな」

　相棒らしいのが、気楽に応じてきた。

「勘はあたっていなさる。両替の辰巳屋《たつみや》さんと、廻船《かいせん》問屋の摂津屋《せっつや》さんだ」

「やはりな」

　どちらも、いわゆる大名貸しをしている大店だ。

　頬をゆるめた小五郎は、表門脇の潜り戸をどんどんと叩いた。

　門番が顔を出すと、

「公儀学問所教授の伊能だ。今日は遠山奉行の代理でまいった」

　敷石をすっすっと進み、堂々と玄関からあがった。

　前回、案内された方向に進み、書院に向かう。

　途中で、藩士たちから呼び止められた。

　官姓名を名乗ると、藩士たちは押し黙り、通せんぼをしたりはしなかった。

　ごめんと書院の灯《あ》かり障子《しょうじ》を開けると、思わず笑ってしまった。

　半白髪の剛腹《ごうはら》そうな商人がふたり、床の間を背に座って、難しい顔をしていた。

貧相な用人《ようにん》と、小狡《こずる》そうな矢田軍太夫は、畳にへばりついて、平身低頭のありさまだった。

「どうした、金貸しに、さらなる追い金をせがんでいたのか。さては、伯耆守の死因について、水野老中の耳にでも噂が届いたのだな」

面談していた四人の男たちは、ひとり残らず、飛びあがりそうになった。

「伊能殿、いかに大御所さまお声掛かりの学問所教授殿とはいえ、非礼でござろう。いや、非礼を飛びこして無礼じゃ」

軍太夫が怒気《どき》を帯びた皺眼《しわまなこ》で、睨みつけてきた。

「すまぬ。今日のところは、これで引き取ってくれ」

軍太夫の目線は黙殺《もくさつ》し、小五郎はふたりの商人に一礼した。

「それから、貴殿らも乗りかかった船だ。霧島藩にはなるべく融通《ゆうずう》してやってくれ。こんな藩でも、藩を思って死ぬ覚悟の人間もいるのだ」

小五郎が静かに告げると、

「しょ、承知いたしました」

商人ふたりは小五郎の威《い》に打たれたようにがくがくとうなずき、這《は》うようように書院を出ていった。

あらためて書院で向かいあうと、留守居役と軍太夫が、噛みつきそうな顔で睨んできた。

「そんな目で見るな。金談をまとめてやったのだぞ」

からかうように告げると、

「与力の深津は頼りにならん。読売屋を押さえてくれと三十両も渡したのに、このとおりでござる」

留守居役が一枚読み切りの読売を懐から出して、畳に広げた。

「呼び捨てはひどかろう。あれでも私の幼馴染みなのだ。それはそうと……」

小五郎は、かたわらに置いた風呂敷包みに目をやった。

「今日こそは、八重垣殿にお目にかかりたい。遠山奉行からのお見舞いの絹一反《きぬいったん》を持参したので、お届けせねばならん」

「見舞いじゃと……」

軍太夫はがりがりと歯噛みした。

「それは、かない申さん。かの女子《おなご》は、藩主・伯耆守さまを手にかけた、人道に外れた悪逆人じゃ」

「ほう、そうきたか」

小五郎はうっすら笑った。

「少なくとも、伯耆守は頓死ではなく、殺められたと認めるわけだな」

「とうに認めておる。藩論は一変したのじゃ」

軍太夫は居直った。

「たとえ頓死でなくとも、四万石は佐太郎君《ぎみ》に、ご相続が許されることになる。ご寛容《かんよう》な水野忠邦公が、そうお決めになってくださるわ。どうじゃ、恐れいったか」

「ご家老よ、居丈高《いたけだか》な口をきくな。水野をご寛容にするための追い金の調達を、いまさっきまとめてやったのは私だろう」

冷ややかに小五郎が見つめると、軍太夫も留守居役も、舌打ちして目を伏せた。

「それで八重垣殿への、慮外千万《りよがいせんばん》な悪逆人呼ばわりだが、おまえたちの小さい脳みそで描いた筋立てはこうか」

小五郎は訥弁《とつべん》そうな軍太夫と留守居役に代わって、要領よくまとめてやった。

あの夜の閨で、伯耆守の寵愛を受けた新旧の女たちの、激しい鞘当《さやあ》てがあった。

藩主の寵愛を若い側室に奪われ、屈辱《くつじよく》の添い寝役に甘んじていた八重垣は、ついに嫉妬に狂い、暴発した。にっくき和歌姫を扼殺し、止めに入った伯耆守のことも、自分を捨てた非情な男だと激昂《げっこう》して、懐剣《かいけん》で刺し殺した。

「さ、さすがは、大御所さまを感嘆させたと評判の学問所教授殿。よおっく、わかっておられますな」

軽薄なことに、留守居役が膝を打ってみせた。軍太夫も、まんざらではない表情だった。

「教授殿、我らの申し条には、動かぬ証があるのです」

留守居役が調子に乗って、まくしたててきた。

「八重垣はな、血糊《ちのり》のついた短刀を握りしめ、現場で気を絶しておったのです。それから老女の明日香路殿も、八重垣の凶行を裏づける雄叫《おたけ》びを聞いておる」

「ごちゃごちゃ申すことはない。八重垣自身が、自分が主君と和歌姫を手にかけたと、とっくに観念しておるのだ」

軍太夫が留守居役を、頭ごなしにたしなめた。

「ご家老のお言葉ですが、教授殿は遠山さまのご名代《みょうだい》です。きちんとご説明しておかなくては」

留守居役はくどくどと、言葉を足してきた。

八重垣の両指には、短刀で伯耆守を刺したときに抵抗されて負《お》った、細かい切り傷がいまも無数に残っているという。

また明日香路は、『おのれ和歌姫、覚悟しや！』と叫ぶ八重垣の声をたしかに聴いたのだと。

「さようか、ならば明日香路殿は、いま、どこにおりますか？」

少しずつ胸騒ぎが高まっていた小五郎は、ふたりを睨みつけた。

「まさか……もう口封じに殺したのか」

怒気を帯びた小五郎が片膝を立てると、ふたりは畳の上を後ずさった。

「な、なにをたわけたことを。あの女は勝手に死んだのだ」

軍太夫が吠《ほ》えると、

「重圧に耐えきれなくなったのであろう。明日香路殿は、首をくって果て申した。昨夜のことじゃが、気の毒なことでござった」

留守居役はしんみりと応じた。

「あれは以前から、気鬱《きうつ》の気《け》があった。それに今回のことで、心気がもたなかったのじゃな」

「さよう、さよう。ご家老の仰《おお》せのとおりでござる」

ふたりは交互にいいかげんなことを、口から吐きだした。

「ところで教授殿。貴殿は伯耆守さまと和歌姫の亡骸をあらために、仙林院までまいられたそうですな」

留守居役が恐々《きょうきょう》と口を入れてきた。

「此度は、もう遅いですぞ。明日香路の亡骸は、すでに火葬いたしましたからな」

留守居役と軍太夫は、顔を見あわせて、ほくそ笑んだ。

「世迷言《よまいごと》はそれだけか」

腰をあげた小五郎は、ふたりを冷え冷えとした目で見おろした。

「軍太夫。おまえは自分の隠し子を、次の藩主とする折を狙《ねら》っていた。ところが和歌姫が、伯耆守の子を孕んだことを知った。伯耆守と和歌姫の身辺にいる明日香路から、耳打ちされたのだろうな」

軍太夫は、わなわなと震えだした。

「あわてたおまえは、拙速《せっそく》な手に出た。明日香路に命じ、和歌姫に痺《しび》れ薬を盛ろうとした」

胸にわだかまる怒りをおさえて、小五郎は続けた。

「痺れ薬のなかには、女性の秘所に効いてしまうものがある。我が師・シーボルトより教わったことだ。房事の最中に痙攣《けいれん》が起き、伯耆守は万力《まんりき》のように絞められて、七転八倒した。抜き差しならぬなかで、なんとしてもその苦しみから逃《のが》れようと、心ならずも和歌姫を扼殺したのだ」

「なにを、馬鹿な……作り事じゃ、絵空事じゃ」

軍太夫は狂ったように喚《わめ》き散らした。

「添い寝役をしていた八重垣殿は、自分の娘である……というのはまだ私の推量だが……和歌姫が首を絞められるさまを見て、やもたまらず動いた。そして、これも心ならずも、伯耆守を刺殺したのだ」

「そ、そうだ。手をくだしたのは、八重垣じゃ。わしに咎《とが》はない」

軍太夫は怯《おび》えた顔で、傲然《ごうぜん》と胸を張った。

「これ以上の問答は無用だ」

風呂敷包みを小脇に抱え、小五郎は書院を出た。

七幕

書院前の廊下は中庭に通じていた。

大名屋敷の造りは、どこも似たようなものである。

中庭の先に池泉《ちせん》があり、八重垣が押しこめられているという茶室は、池泉に面している。そうあたりをつけた。

かなり間を置いて、若い数人の藩士が、つかず離れず、へっぴり腰でついてくる。

中庭におりると、櫨《はぜ》の木《き》が繁茂していた。これにさわると、かぶれる。目を凝《こ》らすと、櫨の木が茂る奥に、白い花が咲きかけていた。

香りのよいその小花は、牛皮消《いけま》だった。

師であるシーボルトは、長崎の山野《さんや》を歩いて植物を採取するのが、なによりの楽しみだった。

ただ、この牛皮消を見つけても、けっして摘《つ》もうとはしなかった。

葉も茎《くき》も猛毒《もうどく》で、薬草として使いづらいと、師から教えられた。誤《あやま》って口に入れると、癲癇《てんかん》を起こしたように痙攣《けいれん》するのだと。

明日香路は手がかぶれるのもいとわず繁みに分け入り、この牛皮消の葉と茎を採取した。

そして閨の枕元で、和歌姫が口にする茶碗に、毒茶にして仕込んでおいたのだ。


池のほとりにひなびた萱門《かやもん》があり、露地に四角い敷石が連なっていた。

小五郎はその敷き石を踏んで進み、もう一度、露地門をくぐった。

「霧笛庵《むてきあん》」という扁額《へんがく》のかかった茶室の前に立った。

蹲《つくばい》の脇で、片膝をついていた若い武士がいた。訝かしい目で、鋭く小五郎を見あげてきた。

「公儀学問所教授・伊能小五郎でござる。八重垣殿に届け物があってきた。北町奉行・遠山さまからの、お見舞いの品だ」

小五郎が尋常に用件を告げると、

「あなたさまが……孤高《ここう》の蘭学教授と呼ばれる、伊能さま」

若い武士は、目線をやわらげて拝礼した。

「手前は加藤与四郎《かとうよしろう》と申します。ご家老より、お茶室に人を近づけるなと命じられ、ここに控えておりましたが……」

　与四郎は若いまっすぐな目をしていた。

「手前は見ました。ご家老と留守居役殿が、明日香路殿を、あの櫨の木の枝で無理やりに首を吊《つ》らせるのを」

　小五郎は、与四郎の肩に手を置いた。

「私は八重垣殿をお迎えにきた。そなたも我らと同道し、必要ならば、北町の遠山さまに見たままを申しあげてくれ」

「はっ」

　与四郎は低頭した。

「一度、湯島聖堂の廊下の片隅《かたすみ》に席を与えられ、伊能さまの講義を拝聴したことがあります」

　面をあげた与四郎の目は、澄んで輝いていた。

「与四郎殿、お客さまを中へお通ししてください」

　茶室の中から、鈴《すず》を転がすような声がこぼれてきた。

　四畳半席の茶室で、無地の打掛けを着た八重垣と向かいあった。

一輪挿しに梔子《くちなし》の花が活《い》けてあったが、甘い香りは漂わせておらず、茶室の中は静謐《せいひつ》が保たれていた。

互いに一礼し、初対面の挨拶を交わした。

小五郎は嬉《うれ》しかった。

ひとめ見て、思い描いていたとおりの女性だと、直感したからだった。

「せっかくのお奉行さまからの、おこころざしですが……」

八重垣は一反の絹を押しいただいた。

「死に装束に、というご配慮と見ましたが、どうあっても明日には仕立てが間に合いません。膝に敷かせていただいて、果てようかと存じます」

「その絹をお召しになる折は、明日から先、まだまだありましょう。それよりも、いくつかお訊《たず》ねしたいのですが」

「なんなりと」

八重垣は膝に手を置いた。

「はなはだ、ぶしつけなのですが……」

小四郎は恐懼《きょうく》したように一礼して発した。

「亡くなった和歌姫殿は、あなたさまの娘御《むすめご》。父親は、明石屋の倅・金太郎ではありませんか？」

　八重垣は小さくうなずいた。

　おそらくは、手籠《てご》めにされたのだろう。明石屋金兵衛はそのことをひた隠し、八重垣を是川伯耆守に献上した。

「あなたは、短刀を懐中《かいちゅう》に秘めて、添い寝役を務めていた。伯耆守殿や和歌姫殿を嫉妬のあまり刺すためでは毛頭《もうとう》なく、我が娘への嫉妬の炎《ほむら》が抑えきれなくなったとき、ご自分の喉を突くおつもりだったのでしょう」

　八重垣は瞑目したまま、応とも否とも返してこなかった。

　小五郎はこの女性のことが、いっそう哀れでならなくなった。

「あなたは、伯耆守殿をお慕いしていたのですね」

　やや間があって、八重垣は朱唇《しゅしん》を開いた。

「子どもが欲しい、子どもが欲しい、とおっしゃられ……ご自身が子どものように無邪気なお方でした」

　愛する伯耆守が、悶絶《もんぜつ》する苦しみから逃れようと、和歌姫の首を絞めた。

　動転するなか、自分が守るべきは娘と、八重垣は咄嗟《とっさ》に意を決した。

　おそらくは、か細い両手に渾身《こんしん》の力をこめて、ふたりを引き離そうとしたのだろう。

ところが、どうあっても引き離すことはできず、激痛に苦悶《くもん》する伯耆守は、ただ塗炭《とたん》の苦しみから逃れるために、我を忘れたまま、和歌姫の首を絞め続ける。動転のあまり錯乱《さくらん》し、自分を苦しめているのは、和歌姫の意思だと思いこんでいるのだ。

短刀を握りしめ、八重垣は後ろから伯耆守に、ぶつかっていった。

切っ先は存分に、伯耆守の脇腹に食いこんだ。が、巨漢に苦しまぎれに反撃され、おそらくは肘打《ひじう》ちでも食らい、短刀を握ったまま気を絶してしまった。

八重垣の必死の思いをよそに、和歌姫は伯耆守に縊《くび》り殺され、伯耆守も八重垣のひと刺しを受けて果てた。

小狡《こずる》い軍太夫と留守居役は、八重垣が血刀《ちがたな》を握っていたのをいいことに、すべての罪を八重垣になすりつけようとした。

八重垣も、あえてそれを受け入れた。

慕っていた伯耆守の名誉と、霧島藩を守るため。そして、先立たせてしまった娘のあとを追うため、すべてを被ってあの世におもむくつもりなのだろう。

この女性は、自分が守ってみせる。

小五郎は決意をあらたにした。

「おかげさまで、すべての謎《なぞ》が解けました」

小五郎は晴れやかに一礼した。

「これよりあなたを、北町奉行所の遠山さまの役宅まで、ご案内いたします」

八重垣はかぶりを振った。

「それは、ご無用に願います」

瞑目した八重垣は、そのまま語り継いだ。

「人の業《ごう》は深い。わたくしが実の娘に嫉妬し、主君を恨みに思ったことは、まぎれもない事実。縁の薄かった娘も、先に果てております。こうしたありさまで人の世を終えて、安住の地に行けるとは毛頭考えておりませんが、いまはただ三途《さんず》の川《かわ》を渡って、ひと休みしたいのです」

わずかに気がゆるんだのか、八重垣の目が潤《うる》んだ。

「それに、わたくしが伯耆守さまを殺めたことは、間違いありません。地獄に落ちるのが相応の、罪深い女子でございます」

「私は、そうは思わないな」

小五郎の、つっけんどんに聞こえる物言いは、変わらなかった。

「娘を守るためだ、罪とは言えん。ああした修羅場に居合わせたら、母親ならば誰しもが、同じことをするだろう」

次いで、円窓から外に声をかけた。

「与四郎、八重垣殿がまもなく、茶室をお発《た》ちになる。おそらくないとは思うが、もし霧島藩士が群がってくれれば、斬り抜ける仕儀になるかもしれん」

小五郎は、自分の白扇子だけの腰を撫《な》でて苦笑いした。

「はっ、お任せください。剣術にはいささか覚えがございます」

頼もしい声を聞いて、小五郎の頬がゆるんだ。

そのままの頬で、八重垣に笑いかける。

「剛次郎に言い含めて、伯耆守殿はあくまで頓死で決着をつけさせます……あっ、これはこちらの話でした。それから、和歌姫殿は病死。水野忠邦にとって、賂は懐に入れたのですから、もはやどうでもよいことなのです。では、ごめん」

小五郎は、戸惑う八重垣の腕を取った。

「罪だの地獄だのと、埒《らち》もないことをお考えなさるな。好いた男のことならば、たとえ娘であっても、嫉妬してなにもおかしくはない。さぁ、早く」

小五郎は八重垣の肩を抱いた。

「あの強欲家老と留守居役のことは、近日中に私が結末をつけます。霧島藩は安泰。あなたはおふた方の菩提を弔《とむら》い、抹香くささに飽きたら、麴町の学門教授所に遊びにこられよ」

第二話　幻の筒音《つつおと》

一幕

市ケ谷浄瑠璃坂《いちがやじようるりざか》をのぼりきった伊能小五郎は、額の汗をぬぐいながら、坂下を振り返った。

まさに梅雨《つゆ》の合間の五月晴《さつきば》れ。

外堀の水は夏の陽光に輝き、堀際《ほりぎわ》の野原には菖蒲《しようぶ》の花が咲き乱れていた。

「いやあ、美しい。五月は菖蒲月というだけあるな」

例によって息が切れると、すぐに口を半開きにする深津剛次郎が、陽に映える青紫《あおむらさき》の彩《いろど》りに目を細めた。

「あっしには菖蒲と、あやめの区別がつきません。今回の一件が、殺《あや》めの一件にならないといいんですが」

天神下の市松が、めずらしくも殊勝《しゆしよう》な顔で、洒落《しやれ》らしきことをつぶやいた。

つい一時《いつとき》あまり前のこと。

『おい、小五郎はいるか』

学問教授所の囲炉裏端《いろりばた》で柱にもたれ、異国の読本《よみほん》に引きこまれていた小五郎の至福《しふく》の時を、例によって邪魔だてしてきたのは剛次郎だった。

『すぐに、俺と一緒に市ヶ谷まで出向いてくれ。これは、類型のない難事件となる。俺の耳に、見えざる声が、そう告げてきたのだ』

あまりの馬鹿馬鹿しさに、小五郎は返事をせず読本に目を落とし続けた。

『おい、頼む、小五郎。無視をしないでくれ』

囲炉裏端の反対側からにじり寄ってきた剛次郎は、小五郎の膝小僧《ひざ》をくいくいと押した。

『俺が相談に乗ってやっている、大店《おおだな》の仏具屋から持ちこまれた一件なのだ。すぱっと解決してやらないと、俺の面目《めんもく》が立たんのだ』

『おまえは大名屋敷以外にも、出入り先があるのか』

揶揄《やゆ》するように、小五郎は鼻先に皺《しわ》を寄せた。

『ある。縄張りを決めて大店から袖《そで》の下を集めてまわるのは、おもに同心の役得だが、俺たち与力も何軒かずつは持っているのだ。与力としての体裁《ていさい》を保つには、金がかかるからな』

剛次郎には悪びれた様子もない。

『そういえば、おまえ。霧島藩の強欲家老から、三十両もらったらしいな』

ふと思いだしたことを小五郎が口にすると、剛次郎は口元で手を小刻みに振った。

『あれは、きちんと奉行所の雑用金の口座に入れた。俺たちはな、懐《ふところ》にしまっていい金と、公金に組みこむべき金を、厳重に線引きしているのだ』

そうして公金に組みこんだ金は、暮れの年忘れ会や、引退して隠居《いんきょ》する与力・同心に記念の品を送るのに、支出するのだという。

『くだらん。結局は仲間うちで、私的に使うのではないか』

憫笑《びんしょう》した小五郎は、眼差しを横文字が連なる読本に戻した。

『小五郎、おまえ、本当に知らんぷりでいいのか。志摩屋《しまや》……俺が相談に乗っている仏具屋の屋号だが、娘の奈緒《なお》が、喉《のど》を突きかねないありさまなのだぞ』

剛次郎は切り札でも繰りだすように、物騒なことを口にした。

『姑息《こそく》なことを。いくら脅《おど》かしても無駄だ』

小五郎は眉《まゆ》ひとつ動かさない。

『おまえ、霧島藩のときは、喉を突きそうな八重垣殿を助けたよな。柄《がら》にもなく、ひとりで霧島藩邸に乗りこんでまでして』

皮肉《ひにく》っぽい笑みを浮かべながら、剛次郎は諦《あきら》める気配を見せなかった。

『つまり、おまえは年増好《としまごの》みか。三十路《みそじ》を超えた八重垣殿のためには獅子奮迅《ししふんじん》に働いたくせに、志摩屋の奈緒が、あたら若い命を散らそうとしているときは、異国の読本などにうつつを抜かしている。見さげ果てたやつだな。そのうち、寝言も和蘭語でつぶやきだすぞ』

あまりの騒々しさに、小五郎は根負《こんま》けした形で、市ヶ谷八幡宮《はちまんぐう》の門前にある志摩屋まで同道することになった。

志摩屋の店頭には仏具だけでなく、盆提灯《ぼんぢょうちん》や小田原《おだわら》提灯なども各種、並べてあった。

座敷で益右衛門《ますえもん》という主人と向かいあうと、

『どうだ、手広い商《あきな》いであろう。仏壇《ぶつだん》をただでもらうわけにはいかんが、提灯ぐらいなら、おまえにもひとつ、手土産《てみやげ》に持たせてやる』

剛次郎が、まるで店の人間であるかのような軽口を叩《たた》いた。

『仏壇などは、かさばるばかりで、数がはけるわけではありません。比べまして、提灯は仕入れれば足が速く、掛け売りではなく現金が入ってきます。志摩屋では提灯に力を入れておりまして、問屋と小売りを兼ねております』

五十路《いそじ》前の益右衛門は、大旦那然《おおだんなぜん》としたところのない、律儀そうな商人であった。

『遠慮せず、本題に入ってくれ』

小五郎が顎《あご》をしゃくると、益右衛門は目をぱちくりとさせた。

『うちは男の子に恵まれず、娘ひとりでございます』

益右衛門のかたわらで、芳紀《ほうき》十七、八と見える娘が畳に指をつき、桃割《ももわ》れに結った頭をさげた。

『奈緒と申します』

お盆《ぼん》に目鼻で、美形とか佳人《かじん》とは断言しづらいが、そこは娘盛りなので愛くるしい顔をしていた。

客を前に緊張しているが、いまにも喉に刃をあてそうな様子でもない。

『この奈緒に、言い交わした相手ができました。須郷啓太郎《すごうけいたろう》さんという、鉄砲百人組《てつぽうひやくにんぐみ》同心の家のご嫡男《ちやくなん》です』

『そういえば、市ヶ谷の台地の上に、根来組《ねごろぐみ》の組屋敷があったな』

鉄砲百人組は、徳川《とくがわ》将軍家がいざ戦《いくさ》というときの鉄砲隊である。

甲賀組《こうがぐみ》、根来組、伊賀組《いがぐみ》、二十五騎組の四隊があり、それぞれ与力二十騎と、同心百人ずつが所属している。

その根来組の同心百家が住む組屋敷が、この志摩屋からほど近い根来百人町《ひやくにんちよう》にあった。

『相手は御家人さまで、しかもご嫡男。つりあいがよいとは申せませんが、当人同士がどうしても、ということなので』

啓太郎は上背《うわぜい》のある美丈夫で、心根も優しい男だということも聞いた。親としては、それで許すつもりになったということのようだ。

『案じることはないだろう。百人組の同心など、町人と同等か、それ以下だ』

小五郎は、ずけりと言った。

御家人といえば、真っ先に連想されるのは『貧乏』と『内職』だった。

とくに鉄砲百人組の同心たちは、日々を内職に明け暮れている。そのことは、江戸のたいていの人間が知っていることだった。鉄砲百人組同心の内職で作られ流通する品々は、どれも庶民の暮らしに馴染《なじ》んでいるものばかりである。

青山《あおやま》百人町にある甲賀組は、春慶塗《しゅんけいぬ》り。

大久保《おおくぼ》百人町の伊賀組は、つつじの栽培。

それにここ市ヶ谷の根来組は、提灯作りで名が高かった。

『そうか、この志摩屋は、根来組の提灯を扱っているわけか』

すぐにそう察しがついた。

『さようでございます。根来衆の手による提灯は、ものはたしかで、長もちいたします。それに盆提灯の絵付けに、えもいわれぬ風情《ふぜい》と味わいがございまして……その絵付けを』

益右衛門は、ちらっと奈緒を見やった。

『描《か》いていたのが、そなたの想い人なのだな』

小五郎が先まわりすると、奈緒のつぶらな瞳に涙が浮かんだ。

『啓太郎さんの描く朝顔《あさがお》や菖蒲の絵は涼しげで、見つめていると心が不思議と落ち着くのでございます』

それから父娘は、かわるがわる、須郷啓太郎との縁組みが順調に進みつつあることや、啓太郎本人の人となりを、一同に語った。

啓太郎は父親が早くに亡くなり、母親とふたり暮らしであること。

鉄砲同心の株は人に譲《ゆず》って、志摩屋に婿《むこ》入りしてもよい、と考えていること。

武士として育ったことは忘れ、また絵師としての道も断念し、商人として一から精進《しょうじん》する覚悟であること。

『その想い想われの啓太郎さんが、神隠しにでも遭《あ》いなすったのかい？』

別に悪気はなく漏《も》らした市松のひとことだが、奈緒はうっと詰まって、はらはらと泣きだしてしまった。

『昨日の夕刻、組屋敷からぷっつりと姿を消してしまって……』

娘をいたわって、父親がことの経緯《いきさつ》を語りだした。

夕刻、組屋敷に届け物をしに行きがてら、奈緒は啓太郎と、束の間の逢瀬《おうせ》を楽しんだ。

そして、組屋敷の外れにある金魚池《きんぎょいけ》のほとりで、別れたのだという。

『今朝は、啓太郎さんの月に一度のお休みでした。市ケ谷八幡の社務所で、近所の子どもたちに絵を教えてくれる約束になっていたのです』

ところが、啓太郎は現れない。番頭《ばんとう》をすぐ組屋敷に走らせたところ、昨日の夕刻から姿が見えないと、母親の里恵《さとえ》が憔悴《しょうすい》した顔で答えたという。

『少しばかり、心配しすぎじゃないんですかね。啓太郎さんてのも、いい大人でしょう』

市松がくだけた調子で言った。

『男は祝言《しゅうげん》が決まるとね。独り身の名残《なごり》に、少しばかり羽目を外したくなるものでしてね』

父娘を安心させようという意図なのだろうが、市松は品のない勘ぐりをした。

さすがに口にはしなかったが、岡場所《おかばしょ》にでも行って、つい泊まりになってしまったのではないか。そんな見立てを、下卑《げび》た笑いを浮かべて伝えようとした。

『そのような人たちでは、ないのでございます。根来組の組屋敷の方々は』

そう言い放った益右衛門の口元には、ある種のおぞましさが浮かんでいた。

『皆さま、月に一度のお休みのほかは、一心不乱に提灯を作っていらっしゃいます。細工場《さいくば》に一同が集まって仕事にかかります。無断外泊などしたら、たちまち組屋敷中に知れわたってしまうでしょう』

『要するに、組屋敷とは『村』なのだな。規律や道徳などから少しでも外れれば、村八分《むらはちぶ》にされるかもしれない。そういうことか』

小五郎が端的《たんてき》に言うと、父娘は弱ったように押し黙ってしまった。

『興味深い。じつに興味深い』

小五郎の目元に赤みが差していた。

『貧乏御家人たちが固まり住む組屋敷という村に、なにかが起きているぞ』

二幕

外堀端《そとぼりばた》の志摩屋から、七十尺あまりのぼってきた市ヶ谷の台地だが、涼しい風が吹き抜けるわけでもなく、ただ無性に暑かった。

「これは深津さま、ご苦労さまでございます」

地元の御用聞きである弁天《べんてん》の勘六《かんろく》が、組屋敷の外れにある金魚池のほとりで、腰をかがめて一行を迎えた。

「いや、ほかならぬ志摩屋からの書状を、朝一番で町飛脚《まちびきゃく》が届けにきたのでな。とるものもとりあえず飛んできた。途中でこの男を拾ってな」

剛次郎が馴れなれしく小五郎の肩を叩きながら、そう応じた。

「するとこちらが、旦那の知恵袋と評判の教授先生ですか」

勘六はまた大仰《おおぎょう》に腰を折って、小五郎に挨拶《あいさつ》をした。

「おい、兄弟。うちの先生は旦那の知恵袋じゃないぜ。遠山のお奉行さまや、そのまた上の、ご老中の知恵袋だ」

市松がすかさず口を入れた。

この勘六と市松は若い時分、神田《かんだ》を縄張りとする御用聞きのもとで、ともに修業を積んだことがあるという。つまりは兄弟分ということだ。

「わかってるよ、兄貴。与力の旦那に、ちょいと愛想を言っただけだ」

市松よりもふたつ三つ、年下らしい勘六が、くすっと笑った。

「つまらん話はもうよい。それより早く案内いたせ」

剛次郎が、かりかりしながら顎をしゃくった。

「この道の左右が、根来組の組屋敷です。片側に五十三家の同心。もう片側に四十七家の同心が住まわっております」

組屋敷の敷地は左右でおよそ二万坪。こうした同じ組に属する者たちに与えられた広い土地を、大縄地《おおなわち》と呼ぶ。

「姿を消してしまった須郷のぼっちゃんの屋敷は、四十七の屋敷が並んでいるほうにあります」

組屋敷を両断する道は、浄泉寺《じょうせんじ》という地元の寺に向かってくだる坂道であった。ずっとくだっていくと、神田川にぶつかる。

五十三家が連なる側に隣接して弁財天《べんざいてん》があり、勘六の家は、その門前の弁天町にあるという。

「では、こちらへ」

勘六が四十七家側に手招くと、

「この池が、金魚池なのだな」

半町四方ほどもある大きな池を、小五郎はじっと見つめていた。

奈緒が昨日の夕べ、啓太郎と別れを惜しんだのは、この場所であった。

「へい、殺生禁断《せっしょうきんだん》の池です」

勘六が面相を引きしめて、池のことを一同に語った。

「もう三十年も昔のことですが、若い鉄砲同心がひとり、この金魚池で入水《じゅすい》自殺をしたんです。そういえば、その同心の家も四十七家側だったんですが、それでほとりに小さな祠《ほこら》が建ち、殺生禁断の池ってことになりました」

「自死《じし》した理由はわかっているのか？」

小五郎の問いに、勘六はひとつ首をひねってから応じた。

「くわしく伝わってはいませんが、心気病《しんきや》みでしょうね。足を踏み入れればすぐにわかりますが、昔からの流儀を守ることにかたくなな、重苦しい村ですからね、根来組ってのは」

勘六も、ごく自然に『村』という言葉を使った。

「それにしても、かなりの大池なのに金魚とは、似つかわしくないな」

「その名にも由来《ゆらい》がありましてね」

四十年も前に、蘭鋳《らんちゅう》という高価な金魚を飼う流行が、上方から江戸に流れてきた。獅子頭《ししがしら》とも呼んだりする、滑稽《こっけい》な形をした金魚だ。

御家人は生きるためならなんでもする。虫籠《むしかご》を作って、鈴虫《すずむし》や松虫《まつむし》を売ったり、小鳥を育てて商売をしたりもする。

提灯よりも金魚のほうが儲《もう》かるのではないか……そんな思惑が、往時《おうじ》の組屋敷に漂った。

それで組屋敷の敷地の隅《すみ》を利用し、養殖池《ようしょくいけ》を造ったのだという。

「ところが餅《もち》は餅屋です。大和郡山《やまとこおりやま》のように、うまく育てられなくってね」

大和郡山は、柳沢家《やなぎさわけ》十五万石の城下町。金魚の養殖でつとに有名だ。

「結局断念し、初心に戻って提灯一本で勝負しようということになったんです」

「なるほどな。この池は、御家人たちの夢の跡ってことだな」

市松は濁《にご》った水面《みなも》に目をやって、肩をすくめた。

「おまけに入水のことがあったので、誰も気味悪がって、そばに寄らない。おかげでご覧のように、周囲は雑草が伸び放題。いまは夏なんで昼間っから、ちんちん、りんりん、と虫も鳴き放題です」

「あれは楠《くすのき》だな」

池の周囲は原っぱだが、一本《ひともと》だけ背丈のある木が盛んに樹冠《じゆかん》を広げ、鼻をつく匂《にお》いを放っていた。

「あっしは好きですけどね、この樟脳《しようのう》の匂い。なんだか懐《なつ》かしくてね」

市松が鼻の孔《あな》を広げた。衣類の虫食い除《よ》けに珍重《ちんちよう》される樟脳は、この楠の葉や枝を蒸留《じようりゆう》して作られる。

「剛次郎、市松、池のまわりの雑草が気になる」

どうして気になるのかは、小五郎自身もよくわからなかった。

「……草むらの中に、啓太郎の屍体が横たわっているかもしれないと……」

市松が腰から素十手《すじつて》を抜いて、足元の雑草を掻《か》きわける仕草をした。

「そこまでは考えていなかったが、頼む。池畔《ちはん》を一周してみてくれないか。私は蜂《はち》や虻《あぶ》は平気だが、蚊《か》にだけは弱いのだ」

小五郎は顔全体をゆがめてみせた。

「ち、横着《おうちゃく》なやつめ、与力をなんだと思っている」

剛次郎は舌打ちしたが、それでも市松と左右に分かれ、腿《もも》のあたりまである草を踏み分けて歩きだした。勘六があわてて、剛次郎のあとに従う。

その間、小五郎はじっと楠を見つめ、葉末《はずえ》が風に鳴る音を聞いていた。

「見ろ、足も手も蚊に刺された。しかも、あちこちだ」

文句をたらたら垂れながら、剛次郎が戻ってきた。

「驚いて蝗《ばった》が飛びだしてくるほかは、な〜んにもないぞ」

腰をかがめた剛次郎は、袴《はかま》の先を手で払った。可憐《かれん》な黄色い小花をつけた小さな枝が、足元に引っかかっていた。

「弟切草《おとぎりそう》か」

小五郎が目元をゆるめると、

「ああ、うっとうしい」

剛次郎が両手を、ぱんぱんとはたいたところで、市松も腕や首筋を掻きながら、戻ってきた。

「先生、なにか聞こえてきましたかい？」

「いや、ただ楠の香りを嗅《か》いでいたかっただけだ」

「ではこれから、世話役同心である野々村《ののむら》さまの屋敷にご案内いたします」

そう発した勘六は、露払《つゆはら》い役として一同の先頭に立った。

「なるほど、聞きしに勝《まさ》るな」

組屋敷に足を踏み入れた途端、小五郎は驚嘆《きょうたん》した。

あたりは四十七世帯で、ひとつの町、というか『村』になっていた。

村の中心に、大きな長屋のような細工場が、三棟《むね》、並んで建っていた。

そして、一棟にそれぞれ五十人ほどの男女が集まり、共同作業で提灯を量産している様子が、道からものぞけるのだった。

同心と、その女房たちだろう。男は筒袖《つつそで》。女は丈《たけ》の短い小袖に襷掛《たすきが》けし、手を動かし続けていた。

同心の夫婦だけでなく、童《わらべ》をのぞく子どもたちや、眉に霜《しも》を置く隠居たちも作業に加わっていた。

提灯の大きさを決める木型を作る組。

木型に巻く竹ひごを作る組。

その竹ひごで、提灯の形を作る組。

そして、御神灯《ごしんとう》、御霊灯《ごれいとう》、などという文字や、花の絵柄を和紙に描いて、提灯に張る組。

役割ごとに十人前後が固まって、一糸《いっし》乱れずという調子で作業が進んでいる。

三棟が競うように提灯ができあがっていくさまが、目のあたりにできた。

「なんともはや、真剣な眼差しだな。手を休めておる者など、ひとりもおらん」

剛次郎が腕を組み、首を曲げて感心した。

「なぁ、兄貴。御家人やその家族ってのはつらいもんだろ」

「そうだな、町人の職人のほうが、どう見たって気楽に働いているよな」

市松は大きくうなずいて、勘六に相槌《あいづち》を打った。

「互いが互いを横目で見ながら仕事をしている。農村の五人組のようなもんだぜ。よく統制がとれていて、まるで赤穂《あこう》の四十七士だな」

さっきから狙《ねら》っていたのだろう。市松は忠臣蔵《ちゅうしんぐら》を引きあいに出した。

「武士の矜持《きょうじ》があるからこそなのだろうが、身につまされる光景だ」

小五郎は目を伏せた。

武士でありながら職人として生きる。だからこそ武士の誇《ほこ》りをこめて、町場の職人よりも一心不乱に取り組む。

この極端な生真面目さを、そんなふうにも解釈できる。

とはいえ、内面には大きく屈折《くっせつ》したものを抱えているかもしれない。小五郎には、そう思えてならなかった。

「要するに、貧しさゆえだ」

剛次郎は腕を組んだまま、そう漏らした。

「町方の同心は三十俵二人扶持《ぶち》。鉄砲同心も似たような薄禄《はくろく》だが、町方には本給に倍する付け届けや余得《よとく》があるからな。もしなければ八丁堀も、同じようなありさまになるだろう」

剛次郎の指摘は当を得ているだけに、一同の面付《つらつ》きは湿っぽくなった。

「組屋敷の様子は存分に見た。それで、世話役同心の屋敷はどこだ」

「どうぞ、こちらへ」

小五郎にうながされ、勘六がまた先頭に立って歩きだした。

八丁堀も同様だが、組屋敷といっても大きなひとつの屋敷があるわけではなく、大縄地の中に、それぞれ戸建の同心屋敷が建ち並んでいる。

根来組同心の屋敷は、敷地が百坪ほどで、板塀《いたべい》に囲まれ、小さな木戸門がついていた。

同じようなちんまりとした屋敷が、大縄地の中に四十七軒並んでいる。その全体を、組屋敷と呼んでいるわけだった。

「あの家が、須郷さんです」

隣近所とまったく見分けがつかない小屋敷を、勘六は指さした。

「妙だな」

小五郎は須郷家を見やりながらつぶやいた。

黒木綿の羽織《はおり》に黒袴を穿《は》いた武士がふたり、須郷家の板塀に寄りかかって、中をのぞこうとしている。

小五郎の目線に気づくと、ふたりのうちのひとりで、えらの張った大柄な武士が、ちっと舌打ちした。

勘六が腰をかがめて挨拶をすると、ふたりの武士はおもむろに襟《えり》を合わせて、立ち去っていった。

「あのおふたりも世話役同心です」

勘六の言に、

「世話役は、野々村という男ではなかったのか？」

小五郎は胡乱《うろん》な目をした。

「野々村さまは、世話役の筆頭《ひっとう》格です。世話役は野々村さまを入れて、六人いるのです」

「四十七人の同心に、世話役が六人もか……」

ひとりで十分ではないか、と小五郎は思った。

「ところで、さっきのふたりは、作業に加わっていなくてよいのか」

勘六はあたりを見まわしながら、小声で応じた。

「世話役は提灯問屋との交渉をしたり、竹ひごや紙などの、原料の仕入れを担当されています」

「組屋敷の外との打ち合わせなど、しょっちゅうある仕事ではあるまい。要するに、その六人だけ特別扱いなのだな」

小五郎がそう決めてかかると、勘六は盆《ぼん》の窪《くぼ》に手をあてた。

「つまりは、大名屋敷の留守居役のようなものか。難しい折衝《せっしょう》仕事だと、汗だくで作業をしている連中には思わせておき、その実、竹ひごや和紙を買い入れている商人たちから、饗応《きょうおう》を受けるのが仕事なのだろう」

そう喝破《かっぱ》した剛次郎が、にやりと笑った。

「隠したってはじまりません。おふたりのおっしゃるとおりですが、お大名の留守居役と違って、吉原《よしわら》や深川《ふかがわ》の料理茶屋で遊べるわけではありません。市ヶ谷八幡前の、煮売り酒屋か蕎麦屋《そばや》で飲ましてもらうくらいが、せいぜいでしょう」

勘六は苦笑しながら、すらっとしゃべった。

「やはりここは村だな。村人は盆暮れにひと息つく以外は、ひたすら身を粉《こ》にして働く。顔役だけは、楽でいい思いをする」

小五郎は憫笑した。

「ますます興味深い。こういう不条理な村で、どんなことが起きるものなのか」

筆頭世話人だという野々村一念《いちねん》の屋敷は、周囲のそれよりもひとまわり大きかった。

「町奉行所の与力殿に、学問所の教授殿か。わざわざのお運び、痛み入る」

五十なかばに見える一念は、つるりと丸めた頭をさげた。

「なるほど、これも根来衆の風儀か」

小五郎は一念の光り頭を、しげしげと眺《なが》めた。

紀州・根来寺《ねごろじ》の僧兵に由来する根来組の同心たちは、通常の名乗りのほかに仏《ぶつ》弟子《でし》としての名前を持っている。

内々には武蔵坊《むさしぼう》一念、などと名乗ったりするのだろう。

「いやいや、お恥ずかしい」

一念は光り頭を撫《な》でた。

「拙者《せっしゃ》は世話役が長いので、頭を剃《そ》っております。皆の衆はお役目もあるので、普通の髷《まげ》を結っています」

なるほど一念の背後には、普通に髷を結った羽織袴姿の武士が三人ほど控えていた。

「これも我らの古くからの流儀でござってな。なにを決めるのも、仲間うちの合議で決めます。ただ四十七家がしょっちゅう一堂に会するわけにもいかないので、たいていのことは世話役の寄合で決め、あとで皆々の了解を得ております」

一念はいかにも律儀そうな口ぶりで続けた。

「なにより、重んじられるのは合議。一に合議、二に合議、三四がなくて、五に合議でござるよ」

かっかっと笑う一念を見て、小五郎は思っていた。

世間には、合議だの衆議だのを謳《うた》い文句にしながら、その実、すべて自分の思惑どおりに決めないと、機嫌が悪くなり怒ったり、すねたりする人物がいる。

この一念も、そういう口の男なのだろうか。

「世話役は六人と聞いていたが、頭数がふたり足りないようだが」

小五郎が指摘した、ちょうどそのとき、

「遅れました」

須郷家をのぞいていたふたりが、決まり悪そうに入ってきて着座した。

えらの張ったほうが、小五郎たちを目にとめるなり、刺すような目線を向けてくる。

「最初にお尋ねしたいが、ここは御家人の組屋敷。我ら町方が探索に入っても、かまいませんか？」

剛次郎が問うと、

「かまわん、かまわん。ご覧いただいたとおりでござる。我らは町人のようなもの。訴えを出した志摩屋は町人ですし、行き方知れずの啓太郎も、素町人《すっちょうにん》になるのが望みですからな」

一念の言葉の裏には、どことなく底意地の悪さが感じられた。

「すっちょうにん、ですかい。それではこちらも素っ御家人さんたちに、おうかがいいたしますが、啓太郎さんの行方に、なにか心あたりはござんせんかい？」

かちんときたらしい市松が、切り口上で聞いた。

「すっごけにんだと……きさま、我らを愚弄《ぐろう》するのか」

えらの張った世話役が色をなした。

「いや、心あたりはござらん」

右手を伸ばして、えら侍を抑えながら、一念は返答を寄越した。

「啓太郎は大店に見こまれて、婿入りが決まっていた。貧乏同心からおさらばして、夢のような暮らしが待っていたのでござる。ぷいと組屋敷を出て、どこかに行ってしまうようなことは、とうてい考えられん。のう、皆の衆」

一念が目を向けると、五人の世話役たちはいっせいに首を縦に振った。

「それでは、昨日の夕方以降、この組屋敷のどこかで、啓太郎さんを見かけた人間はおりませんですかい。組屋敷でなにかあったときは、一念さまのところに、真っ先にご注進が行くと聞いておりますので」

市松の続けての問いにも、

「見かけた者などおらん。啓太郎は昨日の夕方までは、こっそり逢引きをしておったようだが、今日は丸一日休みだった。誰もあれのことなど、気にかけておらなかった」

一念は平板《へいばん》な口調で返してきた。

「だいいち、組屋敷の人間は、作業にかかりきりでな。他人のことになど、かまってはおれませんぞ」

遅れてきたもうひとりが、しらっとそう発してきた。

「里恵殿にでも尋ねたら、いかがか。啓太郎の母親でござる。まぁ、難しいとは思うが」

一念は他人事《ひとごと》のような口調だ。

「難しいとは、どういう意味かな？」

剛次郎の問いに、

「里恵殿は、ここのところ、お身体の具合がすぐれん。それで、細工場にも加われずにおり申す」

一念は心配そうに眉を寄せた。

「実の息子のことではあるが、啓太郎の日頃の暮らしぶりのことを、くわしくは知らんのではないかな」

一念をはじめとする世話役たちは、結局のところ、返答らしい返答はなにも寄越してこなかった。

「旦那さま、茶内《ちやない》さんが」

屋敷の下僕《げぼく》らしい老爺《ろうや》が、廊下から声をかけてきた。

「おお、茶内《ちやない》が来たか。待ちかねたぞ」

一念は膝を、ぱんぱんと叩いた。

「すまぬが、客が重なった。今日のところは、これくらいでよろしいか」

そわそわした口調で、もうすでに心ここにあらずという感じだった。

「一念殿、客人とは？」

軽く扱われたと内心で憤慨《ふんがい》しているのだろう、剛次郎が尖《とん》がった声を出した。

「かもじ屋でござるよ」

一念は、しれっと返した。かもじ屋とは、付け毛、足し毛などを商う商人のことだ。

「この頭では、お役目に出られません。それでかもじを用《もち》いているのだが、なかなか拙者の頭に合うのが見つかりませんでな」

光り頭を撫でながら、一念は、ぬふっと笑った。

ちなみに百人組同心の役目とは、江戸城大手《おおて》三《さん》の門《もん》の警備である。

もっとも、四組ある百人組が交代で務めるし、当番の日も全員で出ていく必要もないので、普段はいたって暇《ひま》。それで、提灯作りに専念できるわけだった。

「大手御門は江戸城の顔ですからな。きちっとかもじをつけ、身だしなみを整えて、お勤めをしませんと」

一念はまだ光り頭を撫でていたが、

「光り頭のほうが、いいんじゃないですかい。将軍家のご威光が、いっそう光り輝くってもんだ」

市松がまぜっかえすと、

「さよう、ご威光はあまねく四方《しほう》に光り輝くのう」

一念は頰《ほお》をゆるめて調子を合わせてきたが、目は笑っていなかった。

「長居は無用のようだな」

小五郎は薄く笑って腰をあげた。

三幕

「さっきの坊主頭《ぼうず》の鉄砲同心は、本当に感じが悪い。なぁ、小五郎」

　木戸門を出るなり、剛次郎は面相をしかめて、相槌を求めてきた。

「根来衆とは鵺《ぬえ》のようだな。武家のような素町人のような、それでいて僧侶《そうりょ》の身分にも執着《しゅうちゃく》しているような」

　得体の知れなさを、小五郎も感じていた。

「剛次郎の旦那の言うとおりだ。すっかんぴんの貧乏同心のくせに、人を素っ町人呼ばわりしやがる」

　市松は口元をゆがめる。

「あのえらの張った男の目付きも気に入らん。だいたい、鉄砲同心の世話役ぐらいで、なにを偉そうにしているのだ。こっちは与力だぞ」

　剛次郎は憤懣《ふんまん》やるかたないといった顔だ。

「そうですよ。両替屋とか札差の、仲間内の世話役ならば、たいそうな羽振りですがね。兄弟の話じゃないが、しみったれた接待酒にありつけるぐらいが、あの六人の役得でしょう」

「ところがな、あれで鉄砲の技量だけは捨てずに、しっかりと相伝《そうでん》しているらしいぞ」

小五郎は前知識として持っていたことを口にした。

戦国期には、根来の僧兵といえば、傑出《けっしゅつ》した鉄砲集団であった。元亀《げんき》年間、近江《おうみ》の千種越《ちくさご》えで織田信長《おだのぶなが》を狙撃《そげき》した、杉谷善住坊《すぎたにぜんじゅぼう》が有名だ。

「はい。先生のおっしゃるとおりで、技はしっかりと相伝なされています。どんなに内職仕事が立てこんでいても、月に一、二度は角場に集まり、ずどん、ずどんとやっておられますので」

地元《ところ》の人間である勘六が、すぐにそう応じた。

角場とは、鉄砲同心の組屋敷に付属する、鉄砲の稽古場《けいこば》のことである。

四十七家が住む側では、西北に向かって、金魚池、各々の屋敷、三棟の細工場、そして角場という位置関係にある。

「鉄砲の技量を相伝するためには、根来の血筋を絶やさないにかぎる。だから同心各家はなるべく実子をもうけて、養子は入れずにおけ……なんて固陋《ころう》な考えがいまだに生きているようです」

なんだか腫物《はれもの》にさわるような言い方を、勘六はした。

「血筋を守るという思いは武士の常《つね》だろうが、あの世話役の六人は、因循姑息《いんじゅんこそく》を絵に描いたような連中に見えるな」

小五郎は冷ややかな笑みを浮かべた。

「ついでに角場をご覧になりますか？」

と勘六が問うてきた。

小五郎は少し迷っていたが、

「いや、またにしよう。次は近隣の聞きこみだ。組屋敷のなかでタネが拾えないなら、外に求めるしかあるまい」

剛次郎が周囲に目をやりながら、そう決した。

四十七軒が並ぶ村には、組屋敷の私道とも言うべき道が縦横《じゅうおう》に数本ずつ通っていたが、人通りがまことに少ない。

さすがに年端《としは》のいかない子どもたちは、表で遊んでいるものの、老壮青《ろうそうせい》の姿は見えない。皆、提灯作りにいそしんでいるからだった。

「親分、遅くなりました」

数人の若い男たちが、寄ってきた。麹町から駆けつけてきた、市松の手下たちだった。

「皆の衆、助っ人、かたじけねぇ。それなら兄貴。さっそく区割りを決めて、聞きこみにかかろう」

勘六が言うと、市松は「よしきた」と腰の十手を撫でた。

「よし、俺も行く。与力さまみずから、探索の先頭に立つ」

今日の剛次郎はいつになく気合が入っていて、両手で頬をぱんぱんと叩いた。

「私は里恵殿とやらを見舞っていく」

小五郎は、聞きこみに出向く一行を見送ろうとした。

「なんだ、おい。またひとりだけ、休もうというのか」

剛次郎が、ふんと鼻から息を漏らした。

「本当に、おまえの年増好きには困ったものだ。おい、市松。小五郎についていってやれ」

口とは裏腹に、剛次郎は気を使ってきた。

一同は野々村一念の屋敷前で、ふた手に分かれた。

小五郎と市松は、須郷家の門前に立った。

八丁堀の同心屋敷とは似たり寄ったりのたたずまいで、木戸門から数歩行くと、もう玄関の式台であった。

「頼も～う」

声をかけると、台所仕事をしていたらしい里恵が、襷を外しながら玄関まで出てきた。

五十路前の、いかにも慎《つつ》ましげな女性《にょしょう》だった。

「志摩屋の益右衛門殿に頼まれて、ご子息の探索にやってきた」

小五郎が学問所教授の名札を渡し、市松が鉄の素十手を見せると、小柄な里恵の背中が、ぴくっと怯《おび》えたかに見えた。

「どうぞ、せまくるしいところではございますが……」

里恵が半身を折って、低頭した。

言葉どおり、せまい玄関からあがった。小五郎と市松の草履《ぞうり》が並んだだけで、いかにも窮屈《きゅうくつ》な沓脱場《くつぬぎば》だった。

里恵のものだろう。小さな草履が、隅に寄せてある。

色褪《いろあ》せた鶯色《うぐいすいろ》の鼻緒が、目にとまった。露草《つゆくさ》でも踏んだのか、爪先《つまさき》の裏が紫色に染まっていた。

廊下は、清々と拭《ふ》き清められ、啓太郎が用いるのか、絵具の塗料《とりよう》の匂いがした。

台所のほうからは、野菜が腐《くさ》ったような匂いもする。

掃除の行き届いた六畳で、小五郎と市松は里恵と向かいあった。

「倅殿《せがれどの》の行方だが、心あたりはありませんかな？」

挨拶もそこそこに、小五郎は端的に尋ねた。

「……ございません」

里恵は愁眉《しゆうび》を寄せて、じっと朱唇《しゆしん》を嚙《か》みしめていた。

化粧っ気は薄いが、清らな香気《こうき》のする婦人であった。たださすがに、憂《うれ》いの色は濃かった。

「志摩屋との縁談のことだが、お内儀《ないぎ》はどう考えておられる。この家の跡目のことなどで、思い悩むことはないのですか？」

小五郎は問いを変えてみた。

里恵はなおも目を伏せていたが、

「……本人たちが、どうしても、と望んでいることなので」

ややあって、消え入るような声で、そう返してきた。

「立ち入ったことだが、あのうるさそうな世話役たちから、苦言は寄せられていないのか」

啓太郎が志摩屋の主人におさまるとなると、須郷家の株はほかに売られることになる。根来衆の流儀では、望ましくないはずだった。

「とくに、あの野々村という世話役が、坊主頭から湯気を立てそうだが」

小五郎が言葉を足すと、

「いえ、むしろ野々村さまが……諸事、相談に乗ってくださいまして」

意外な返答が戻ってきた。

「野々村さまには感謝いたしております」

里恵は、丸髷に結った頭《こうべ》を垂れた。

「倅の探索のこと、なにとぞ、よしなに」

三つ指をついて、里恵はもう一度、低頭した。


「結局のところ要領は得ないし、な〜んにも手掛かりは得られませんでしたが」

市松はぬひょっと笑って、鼻の下を伸ばした。

「五十近い大年増ですが、けっこういい女でしたね。亭主《ていしゅ》と早くに死に別れても、女ってのは、いい具合に熟すものだ」

「剛次郎ではないが、私が年増好みだと言いたそうだな」

「そうじゃありませんて」

市松はぷるぷると首を振った。

「あっしが勘ぐっているのは、別の取りあわせだ。できてるんじゃないですかね、あのたこ坊主と、あのお内儀」

「野々村一念と、里恵殿がか」

小五郎は小さく喉を鳴らした。

「うがちすぎではないか。下手《へた》な考え休むに似たり、というぞ」

「下種《げす》の勘ぐり、とおっしゃりたいんですかい」

うひひっと、市松は相好《そうごう》を崩した。

「あっしは、ひがな一日、下ネタを頭に思い描いていますからねえ。下種の勘ぐり、ひねもすのたりってね」

小五郎もつられて笑ったが、ふと頬が強張《こわば》った。

「おまえの下種の勘ぐりだが、ときに正鵠《せいこく》を射ることも、あるかもしれん」

「へっ？」

と怪訝《けげん》な顔の市松に、

「あの一念坊主は、啓太郎とその母親には甘い。そうではないか」

小五郎は言葉を重ねた。

「六人組をのぞく組屋敷の老若男女は、例外なく細工場に詰めている。例外は、里恵殿と啓太郎だけだ」

市松はこっくりとうなずいた。

「母親の里恵殿は顔色が悪かったが、寝こまなければならないほどの様子ではない。倅のほうは昨日の夕方、組屋敷の外れで、堂々と逢引きをしていた。この村で、そんなことがどうして許される」

「やっぱし、できてるってことですかい。あっ、もしかして啓太郎は、一念坊主と里恵さんの、不義密通の子だとか」

もちまえの勘ぐり癖で、市松は推理してみせた。

「できていたかどうかは、わからぬが……」

小五郎の目尻に赤みが差してきた。

「いよいよもって、興味深い。この目に見えない結界《けっかい》の張られた村で、いったいなにが起きているのか」

四幕

すでに夕暮れが近かった。

それからは、どこに行くというあてもなく、小五郎と市松は金魚池のほとりまで戻った。

「ここで待っていれば、聞きこみにいった連中もやってくるでしょう」

市松はどっこいしょと、地べたに腰をおろした。

「夏の陽《ひ》は、なかなか沈まないな」

小五郎も腰を落とし、手布巾《てふきん》で汗をぬぐった。

「そうですね。蚊にさえ食われなきゃ、ここは涼をとるにはいい場所だ」

ふたりでときおり手を叩いて蚊を追いながら、ひと息ついた。

「夏の日差しは、いつまでも沈みませんですね」

同じような台詞《せりふ》を口にしながら、行商人風の男がやってきて並んで座った。

四十過ぎの、気楽そうな顔をした男で、小さな葛籠《つづら》を小脇《こわき》に抱えていた。

葛籠とは、蔓《つる》で編んだ蓋《ふた》つきの籠《かご》のことだ。

「葛籠の中身はなんですかい？」

茶目っ気のある市松が、中をのぞきたがった。

「お見せするほどのこともない。組屋敷の皆さんの抜け毛ですよ」

商人は蓋に手をかけて、持ちあげた。

「あんた、おちゃない、か」

市松はすかさず聞き返した。

おちゃないとは、抜け毛拾いのことだ。

商家や長屋をまわり、

「落ちてない、落ちてない？」

と口ずさみながら、拾って歩く。

落ちてない？　が、その昔の京・大坂《おおさか》で、おちゃない、と聞こえたらしい。

それで抜け毛拾いのことを、おちゃないと呼ぶようになった。

「そうか、おまえさんは、おちゃないとかもじ屋を兼ねているのか」

小五郎が察しをつけると、

「へい、おちゃないの茶内と申します。茶内ってのは、商売にかこつけたわけではなく、親からもらった名です。父親がさる藩で、茶坊主だったたんでね」

茶内は屈託《くったく》なく笑った。

おちゃないは、拾った抜け毛を、かもじ屋に買い取ってもらう。かもじ屋は仕入れた抜け毛で、足し毛や付け毛をこしらえるのである。

「根来組の組屋敷とは、いいところに目をつけたな。あの重苦しい村なら、皆が心気病みに近かろう。抜け毛も増えるというものだ」

小五郎の皮肉混じりの言葉を、茶内は頭を掻きながら聞いている。

「おまけにおまえは、自分でかつらを作り、それを一念に買わせている。根来村は上得意だな」

含み笑いすると、

「旦那はなんでもお見通しだね」

茶内は破顔一笑した。

「旦那じゃねぇ。教授先生だ」

市松がぶすっと訂正した。

「それにしても、夕方になっても暑いね。もう辛抱《しんぼう》たまらない」

茶内は腰を落としたまま、水際ににじり寄った。手で水をすくい、美味《うま》そうに喉を鳴らした。

「腹を壊すぞ」

可笑《おか》しみを感じながら、小五郎はたしなめた。

「教授先生なのに知らないんですかい。お江戸の神田上水《じょうすい》だって、もとは井《い》の頭池《かしらいけ》の水ですぜ」

茶内はまるで頓着《とんちゃく》がなかった。

「おまえさん、腹は丈夫だとしても、気味悪くないのかい。ここはその昔……」

呆《あき》れ顔の市松に、

「同心さんの入水の件なら、よおっく知っていますよ。なにせこっちは、もう二十五年も組屋敷に出入りしている。四十七軒の屋敷に三棟の細工場で、拾い放題。それで、月に二百文ぽっちで済むんだからね」

おちゃないとは、わずかながら金を払って、拾わせてもらう稼業のようだ。

「なら、どうして気味悪くないのだ。この池の底には、死んだ同心の怨霊《おんりょう》が」

市松が両手をだらんと前に垂らして脅しにかかったが、茶内はまるで動じなかった。

「水死した弓之助《ゆみのすけ》さんという同心の土左衛門《どざえもん》はね、まだお若くて源太郎《げんたろう》と名乗っていた一念さまが、引きあげなすった。池に潜って金魚池の底から探しあてて、縄を使って引っ張りあげたんだ。それで丁重《ていちょう》に葬《ほうむ》り、祠まで建てた」

「ほう、鉄砲同心なのに弓之助とは、これいかに」

市松は毎度の馬鹿馬鹿しい台詞を口にして、てへへと笑みを浮かべたが、小五郎はこめかみに手をあてていた。

「祠までな……」

その祠に目をやりながら、小五郎は思案を続けた。

「たしかに懇篤《こんとく》なことだが、度を過ぎた入れこみようにも見える。もしかして……」

小五郎に思いあたることがあった。

「一念は念者《ねんじゃ》か、弓之助というのは若衆」

念者とは、衆道《しゅうどう》、つまり男色《だんしょく》関係の兄貴分のことを言う。弟分が若衆だ。

「えっ、一念は忍者《にんじゃ》じゃなくて、念者ですかい」

市松が咄嗟《とっさ》に発したことは、一応は洒落になっている。根来衆は鉄砲集団だが、忍術を駆使《くし》するという伝承《でんしょう》も、人々によく知られていた。

「ご明察。一念さまと弓之助さまは、将来《さき》を誓《ちか》いあった仲だった。ただ、ちぃとばかりややこしい三角関係だったし、組屋敷の気質は因循固陋《こ ろう》のかたまりだったからね。まぁいまも同じだけど、あの頭の硬さ。心の風土ってやつだね」

茶内の話しぶりはなめらかで、よどみがなかった。

「茶内とやら、三角関係と言ったな。残りのひとりは誰で、三者でどんな恋模様を描いていたのか。そのややこしさとやらを、我らに聞かせくれ」

小五郎が詰め寄ると、茶内はぶるっと背筋を震わせた。

「暑さでくらくらしたせいで、つい、しゃべりすぎたようだ。上得意さんのことなんで、これ以上は勘弁してもらうぜ」

茶内は怯えた目でそう告げると、うんしょとばかり腰をあげた。

「おっと、つれねぇじゃねぇか。いまさら、しゃべりすぎたもねぇだろう」

市松はすばやく取りだした十手の先で、葛籠を押さえた。

「あんた、十手持ちか」

ぎょっと目を凝《こ》らした茶内だが、

「親分さん、勘弁しておくれなさい。あっしは、根来組とは長いんだ。世話人さんたちにも、かなり懐深く、食いこんでいますしね。ですから疑われたら、かえってしっぺ返しが怖い。出入り禁止になって、商売できなくなっちまうよ」

すぐさま『泣き』に転じてきた。

「こんなけちくさい稼ぎ場所に、執着するな。俺が剛次郎に、話をしておいてやる。これからは北町奉行所で、拾って歩くといい」

　小五郎は餌《えさ》を投げた。

「えっ、北の御番所《ごばんしょ》で」

　茶内の目が泳いだ。

「そ、その剛次郎ってのは何者です？」

「知らねぇのか、この山出《やまだ》しの田舎っぺぇ。北町奉行所が八百八町《はっぴゃくやちょう》に誇る敏腕与力、吟味方の深津剛次郎の旦那だ」

　市松がそこで口を入れると、

「えっ、そんなありがたい旦那が、あっしに肩入れしてくださるんですかい？　それであっしが、北の御番所のお出入りに……」

「そういうことだぜ。ついでに俺も口添えして、場所代も最初の一年はただにしてやる。御番所の与力・同心も、それなりに気を使って宮仕えしているから、抜け毛も多いぜ」

　市松が請《う》けあうと、茶内の頬に赤みが差した。片眉を浮かして、思案をめぐらせている。

「ようがす、この際だ。とことん、お話し申しあげましょう」

速算で損得勘定を終えた茶内は、にかっと笑って地べたにあぐらをかいた。

「野々村一念さまってのは、宮本武蔵《みやもと》です」

「二刀使いってことだな」

市松がすぐに応じた。

「ご名答ですが、二刀を振るった相手が、ちとややこしい。兄と妹なのですよ」

「そいつは、いけ好かないな」

市松が面相をしかめた。

「念者としての若衆が弓之助。そして女性の想い人は、里恵殿。ふたりは兄と妹だったのか」

小五郎がつぶやくと、

「すげぇ、教授先生のお頭《つむ》は、くるっくる、まわるね」

茶内は目をぱちくりさせて、感嘆した。

「一念さまにも言い分はある。どうも、兄妹のほうからそれぞれに、一念さまに言い寄っていたようだ。あれでも、頭に頭髪《かざり》を乗せていた若い時分は、いい男だったからね」

「一念は里恵殿を選んだ……いや違う、弓之助をか」

小五郎は、はっとして言い換えた。

「念者と若衆のほうが、男女の間よりも、情念が濃いと言うからな」

「そうなんです……そうなんですが、村人たちは口さがないし、組屋敷では男色はあんまし好まれませんでね」

言いづらそうに茶内は続けた。

「あのころは一念さまの親父さんの、覚念《かくねん》さまが世話役だったんですが」

茶内は見てきたことのように語り続ける。

「この親父さまが、とびきり因循なお人でして。人と違うことや、目立つことをことさら嫌っていました」

根来組の組屋敷には、もっとも似つかわしい世話役ということだった。

「こっからは、噂《うわさ》の域を出ない部分もありますが、おおよそは、いまから申しあげるような結末をたどったんです」

因習《いんしゅう》やしきたりで雁字《がんじ》搦《がら》めにされればされるほど、若い一念と弓之助の気持ちは燃えあがり、絆《きずな》は深まった。

手に手をとって、

――組屋敷を出よう。市ヶ谷の台地をくだり、ふたりで武士を捨て、提灯作りの技を活かして職人にでもなろう……。

そう誓いあった。

それである夏の夕刻、互いに家族や世話役たちの目を逃《のが》れ、金魚池のほとりで待ちあわせることにした。

ところが、そっと屋敷を抜けだそうとした一念が、その襟首をむんずと父・覚念につかまれてしまったのである。そして、こんこんと諭《さと》された。

厳父《げんぷ》と慈母《じぼ》の情にほだされ、また駆け落ちした男ふたりで、これから世知辛《せちがら》い世間を渡っていくことに、いまさらながら不安も募《つの》ってきた。

一念は組屋敷を出ることができなくなった。

そんななか、金魚池のほとりで、弓之助は待ちわびていた。しかし、待ち人は現れない。

まさか、心変わりか。

哀れ弓之助は絶望し、金魚池に身を投げたのだった。

「まるで観客の悲嘆の涙を誘う、芝居の愁嘆場《しゅうたんば》のような結末ですが、本当にあったことなのです」

茶内はこくりとうなずいた。

「かといって一念は、もう一方の里恵殿とも結ばれなかったのだな?」

いつもながらに、おのれの推量に確信を持つ小五郎に、

「はい、里恵さんというお人は、かなり経《た》ってから須郷家に嫁《とつ》ぎましたんですがね。その、なんと申しましょうか」

茶内は表情を曇らせた。

怪しげな三角関係の噂が組屋敷の内外に流布《るふ》してしまい、里恵は長く良縁に恵まれなかった。

事件から七年が経って、誰の目にも行き遅れているように映りだしたころ、十五も年上の、啓太郎の父に嫁《か》した。

先妻を病《やまい》で失っていた啓太郎の父は、里恵が啓太郎を産むとすぐ、やはり病で急逝《きゅうせい》してしまったという。

「一念さまのほうは、弓之助さんに操《みさお》を通したのか、里恵さんの行き遅れを気に病んだということなのか……。それからは若衆とも契《ちぎ》らず、嫁もとらず、ひたす

ら組屋敷の秩序《ちつじょ》のために身を粉《こ》にして……とまぁ、そういう次第なんです」

　おどけているのか、茶内はおでこに手をあてて低頭した。

「話は違うが」

　小五郎は、世話役たちとは付き合いの長いらしいこの茶内に、頭に引っかかっていることを、ぶつけてみることにした。

「組屋敷の諸々のことは、世話役という名の長老たちによる合議で決められるのだな？」

「それが習わしとのことです」

「合議と言っても、中心人物がいるはずだ。いまの公儀《こうぎ》の御用部屋ならば、水野越前守忠邦にあたる人物だが、それが一念ということでよいのだな」

　茶内は目を細めて、うぅん、とうなった。

「たしかに、どんな集まりにも頭株《かしらかぶ》がいるもんでしょうが、ここは不思議なところでしてね。一等頭抜《いっとうずぬ》けた世話役はいないんですよ。そこもまた、こちらの流儀のようでしてね」

　なかなか堂に入った茶内の講釈ぶりであった。

「いまはたしかに一念さまが代表格だし、その次に、えらの張った犬塚匠《いぬづかたくみ》って男の声がでかいんだが、かといってふたりとも、『皆々、控えおろう。拙者の言うことが聞けないのか』てな感じではないのですよ。そのう、なんていうか……」

さすがの茶内も、そこで言葉選びに難儀した。

「そのとき、その場の雰囲気で、なんとなく物事が決まるようなんです」

「なるほどな。誰も突出しては決めないが、それでもなんとなく方向は決まるということか」

小五郎は可笑しみがこみあげてきた。

「誰も決めないということは、誰も責任を取らないということではないのか」

「それですね。皆で決めて、皆で責任を取る……じゃなくて、皆で取らない。おもしれぇ。さすがは教授先生だ。言いえて妙ですぜ」

茶内は小腹を揺すって笑った。

「無責任が、世話役六人組の神髄《しんずい》というところなのだろうが」

小五郎は頬を引きしめた。

「三十年前の世話役たちは、一念と弓之助の道行きを、許さんと決めた。ならばいまの世話役たちは、啓太郎と奈緒が夫婦になることは認めているのか？」

「まぁ本音《ほんね》からすれば、容認できないでしょうね。同心とその家族は、みんな倹《つま》しく暮らしているわけですから」

茶内の頰からも笑みが引いた。

「それに比べりゃ、大店の若旦那の暮らしなんて夢のようでしょう。ひとりだけ朝から晩までの提灯作りから解放されて、きれいな衣服着《べべ》て、うまいもんを食う。そんないい目を見るなんて、村の本音として許せないでしょう。ただね……」

茶内は、にっと頰をゆるめた。

「里恵殿に負《お》い目を感じている一念が、世話役たちのなかで、許そうという雰囲気を作りだしたのだろう」

小五郎は先んじてそう言った。

里恵だけではなく、ひとりで入水させた弓之助への良心の呵責《かしやく》が、啓太郎への寛大《かんだい》な処置に影響しているに違いない。そう察していた。

「ご明察。あっしもそう睨《にら》んでいます」

観客の気を逸《そ》らさぬ講釈師の口調で、茶内は続けた。

「といっても、空気は依然として、淀《よど》んでおりましてね」

「わかっている。あのえら張り侍が、異議をとなえておるのだろう」

小五郎が即座に応じると、

「やっぱし先生は天眼通《てんがんつう》だ。脇差《わきざし》代わりに天眼鏡《てんがんきょう》をかざしながら、この組屋敷に来なすったね」

茶内は小五郎の無腰に目をやりながら、感嘆したように首を振った。

「一念さんと犬塚匠さんの押し相撲《ずもう》は、いまのところ六分四分で一念さんが押している。と申しますのもね……」

そこでまた茶内は、にやりと笑った。

犬塚匠には、小助《こすけ》という年の離れた弟がいる。

この小助を、生涯《しょうがい》独り身を通すつもりの一念が養子に迎え、野々村家を継がせる段取りになっているのだという。

養子は望ましくないというものの、組屋敷の間でやりとりされるなら、なんの問題もない。

茶内は、得意先まわりをする商人の鑑《かがみ》だった。上得意先にしっかりと食いこんで、その内情を熟知していた。

「といって、風は右に流れるか左に流れるか、予断を許さない状況ですね。場の雰囲気ってのは、そんなもんです。あの犬塚さんは、すぐにかっと血が頭にのぼりますしね」

茶内は小さな吐息《といき》をついた。

夏の日差しも、さすがにやわらいできた。ますますやぶっ蚊が飛び交いはじめて、小五郎は気が急《せ》いてきた。

「ところで茶内、根来組屋敷の事情通であるおまえのことだ。啓太郎がいまどこにいるか、見当がついているのではないか」

小五郎は目に力をこめて、茶内を見据《みす》えた。

「六人組は、啓太郎になにか仕掛けたのか？　どうなのだ」

茶内はぶるぶると震えた。

「おい、御番所でうまい商売にありつけるか、それともここから大番屋にしょっぴかれて、そのまま小伝馬町《こでんまちょう》の牢獄《ろうごく》に直送されるかの、分かれ目だぜ」

市松も鉄の素十手を撫でながら、脅しにかかった。

「ひでぇじゃねぇか。人にこれだけしゃべらせといて」

茶内のひきつった顔は、いまにも泣きだしそうだった。

「俺も先生もな、女の涙は嫌いじゃねぇが、男の涙はまたいで通りたい口だ」

市松は懐の巾着袋《きんちゃくぶくろ》に手を伸ばした。一枚だけあった一分金を、大奮発で茶内に握らせた。

「この組屋敷からの暇金《いとまきん》と思うんだな。さぁ、しゃべりやがれ」

「りょ、料簡《りようけん》した。料簡したが、できたら南の御番所にも口をきいてくれないか、親分」

揉《も》み手をする茶内に、

「この野郎、調子に乗るんじゃねぇ」

市松が素十手を振りかざすと、茶内は口をぱくぱくとさせた。

「啓太郎さんの居場所は知らねぇ、本当だ。俺だって、帳場はここだけじゃない。四六時中、このあたりをうろうろしているわけじゃないんだ」

帳場とは、持ち場。稼ぎ場所のことを指している。

「だから世話役連中が、啓太郎さんに仕掛けたところは見ちゃいない。だがな、昨日の夕方、妙な光景を目にした」

息を弾ませながら、茶内は縷々《るる》語った。

ひと仕事終えて帰路につこうと、この金魚池のほとりまで来た。

なんの気なしに振り返ると、世話役の六人が、各々《おのおの》の屋敷が軒《のき》を並べる方角からこの金魚池に向かって歩いてくるのが、目に入ったという。

六人ともきちんと袴をつけ、家紋入りの筒袋《つつぶくろ》に入れた鉄砲を担いでいた。

この六人が、ときおり角場で一緒に稽古をしていることは知っていた。

内職三昧《ざんまい》の組屋敷だが、卓越した鉄砲集団だった根来衆の伝統を受け継いでいることも、世に隠れなきことだった。

六人の世話役も、実態は年功と情実だが、建前で言えば鉄砲の技量に秀《ひい》でた者が選ばれる。

「ですので、世話役が鉄砲を担いでいても、ちっともおかしくはないのですが、角場は各々の屋敷や細工場をはさんで、反対方向です。この暑いなか、なんでこっち側までそろい踏みして、足を伸ばしてきたものやら」

奇異には感じたが、茶内は早く家に帰って、井戸で冷やした酒で一杯やりたかった。それで、そのまま世話役たちとは言葉を交わさず、急ぎ足で立ち去ったのだという。

「昨日の夕方か……啓太郎と奈緒が最後にここで別れたのも、昨日の夕方だったな」

小五郎はそうつぶやいて、茶内に目をやった。

「昨日のあっしは、すたこらさっさと通りすぎたせいか、若いふたりは目にとめておりません。啓太郎さんが行き方知れずというのも、今朝になって、毛を拾い集めだしてから聞きました」

茶内の話は、一応はもっともらしかった。

小五郎は茶内から目を逸らし、もう一度、ささやきかけてくるような楠の葉末の音を聞こうとした。

「ああ、そういえば」

茶内は、ぽつりと言った。

「啓太郎さんはよほど、お奈緒にぞっこんなんですね。逢引きのあとの別れが惜しまれるのでしょう。昨日じゃありませんが、あの楠にのぼって未練たらしく手を振っているのを、目にとめたことがあります」

つんとした楠の香りが、鼻をついた。

茶内を放免《ほうめん》してやった小五郎は、するすると楠にのぼった。

樹高の中ほどに、腰かけやすそうな太い幹《みき》が伸びていた。ためらわずに腰をおろしてみた。

「先生、大丈夫ですかい？」

市松の案じる声につられて下を見ると、真下はちょうど金魚池の水際だった。

「やはり撃たれたのか……」

腰かけている耳元あたりの太い枝に、赤黒い血痕《けっこん》がついていた。

もう一度、下を見た。

撃たれて、水際に落ちて、転がって池に入る。そして、土左衛門になる。

たちまち、そう連想した。

「お〜い、小五郎」

剛次郎の声が、そろぞろとした足音とともに響いてきた。

「なんだ、おまえ、またひとりで休んでいるのか」

剛次郎は相変わらず騒々しかった。

「しかも、子どもじゃあるまいし、木登りなどして。俺たちは坂ののぼりおりで、くたくただ。しっかし、このあたりは坂が多いな。真っ平な八丁堀が懐かしいぞ」

愚痴《ぐち》る剛次郎に、

「すぐに人を池に入れてくれ。そのあたりから、三、四間《けん》だけでいい。人の亡骸《なきがら》が沈んでいないか、確かめたいのだ」

小五郎は水際を指さして、そう指示した。ついで楠から滑るようにおりると、みずから袴を脱ぎはじめた。

「け、啓太郎の屍体か！」

剛次郎はすぐに、手下たちに目配せした。

「せ、先生、聞こえてきたんですね、見えざる声が」

市松はもう褌《ふんどし》ひとつになっている。

それから小半刻《こはんとき》の間、八人で池に入り、各々、腰をかがめたり、鼻をつまんで首を水面《みなも》につっこんだりして、淀んだ水と格闘した。

しまいには剛次郎も参加したが、小鮒《こぶな》の死骸《しがい》くらいしか出てこない。

「すまなかった。もう終わりにしよう」

小五郎は、ようやくと見切りをつけた。

「家に戻って、手ぬぐいを集めてきます」

勘六が褌一丁で駆けだしていった。

「おい、小五郎。おまえのなんとかの声も、お里が知れたな。草むらからも、池の中からも、なぁ~んにも出てこないじゃないか」

剛次郎はがみがみと文句を垂れてきた。

小五郎は馬耳東風《ばじとうふう》と聞き流したうえに、

「皆々、手間をかける。苦労ついでに、身体を拭《ふ》き終わったら、もう一度、聞きこみをかけてくれ」

またもや人々を駆りたてた。

「えっ、もうすぐ暗くなってきますぜ」

一同の心情を代弁《だいべん》するかのような、市松の声音《こわね》だった。

「頼む。半刻でもいい。昨日の夕刻、金魚池のまわりで鉄砲の筒音《つつおと》を聞いた者はいないか、組屋敷の外周にも足を延ばして聞いてまわってほしいのだ」

細工場で作業をしている者たちの口は、重いのではないか。近所の人間や通行人が頼りだと、小五郎は考えていた。

剛次郎がなにか言いかけたが、その袖を市松が引いた。

そこに勘六が手ぬぐいと褌を束にして、小脇に抱えてきた。

身体をぬぐい褌を替えてひと休みすると、勘六と手下たちは聞きこみに動きだした。

剛次郎も市松とその手下たちに腰を押され、不承不承、歩きだした。

五幕

ひとり残った小五郎は、金魚池の池畔をめぐりはじめた。

見えざる声が、いま、はっきりと耳に届いていた。

啓太郎は、あたりから遠くない場所にいる。そう告げてきている。

ぷ〜んと羽音を揺らして足元に集まってくる蚊を、白扇子《しろせんす》で払いつつ、小五郎は目を凝らしながら、池畔を一周した。

殺生禁断というだけあって、組屋敷の童たちが、小鮒を釣りにくるわけでもない。夕闇《ゆうやみ》に沈んでいく池畔は、ますます静かだった。

「これが、弓之助の魂鎮《たましず》めの祠か」

杉の木でできた、小さなお堂であった。さすがに建って三十年あまり、木目《もくめ》も注連縄《しめなわ》から垂らしてある紙垂《しで》も黒ずんでいて、切妻《きりづま》の屋根が傾いていた。

ただ供《そな》えてある花は、まだ瑞々《みずみず》しい。池畔のところどころに咲いている、可憐な弟切草の黄色い小花だった。

信心する心など持ちあわせていない小五郎だったが、どうしたわけか手を合わせる気になった。

片膝をついて合掌《がっしょう》した。立ちあがると、散りこぼれていた花を、草履で踏んでいたことに気づいた。

「そうか……」

黄色い小花は、踏まれて紫色に変色していた。長く失念《しつねん》していたが、この弟切草の花の変色は、師であるシーボルトからも教えられていたことだった。

やっと糸と糸が、一片ずつだけつながった。

里恵はつい最近、この池畔に来ていたのだ。


夕闇の組屋敷を、ひとり歩いた。

細工場の脇で、勘六とすれ違う。

「なんともうまくないですね。いまんところの聞き込みでは、鉄砲の筒音は、ここしばらく誰も聞いていないようです」

勘六は首を振った。

「お疲れさまだった」

ひとこと、ねぎらって勘六と別れた。

耳には、鉄砲の筒音が響いていた。音のない筒音が。

細工場からは、まだ御家人とその家族たちの、さかんに手を動かす音が漏れてきていた。

またあてどもなく歩いた。

すると、板塀で囲まれた広場が、眼前に現れた。

角場だった。その隅に、炭《すみ》小屋のような小さな建屋があった。

(硝煙蔵《しょうえんぐら》か)

鉄砲には欠かせない黒色《こくしょく》の火薬を備蓄《びちく》してある場所。そう察しをつけた途端、鼻腔《びくう》に卵が腐ったような、火薬の匂いを嗅いだ気がした。

そしてそれとは異なる匂いも。

(まさか……)

小五郎は目を見張った。

夕闇が夜闇に転じるその転瞬に、硝煙蔵が開いたのだ。

中から出てきたのは、里恵だった。風呂敷包みを手にした里恵が、こちらには気がつかないまま夜闇に溶けていく。

その刹那《せつな》、

「おい、おまえ」

　押し殺したような声が、背後から刺さってきた。

「ここでなにをしている。まだこのあたりを、うろうろしているのか」

　聞き覚えのあるその甲高《かんだか》い声の主は、えら張り侍・犬塚匠だった。

「拍子のよいところに現れたな。おかげで糸と糸が、またつながってきそうだ」

　小五郎は不敵な笑みを浮かべた。

「おのれ、愚弄いたすか」

　犬塚は、もちまえの短気さで、たちまち沸騰《ふっとう》した。差料《さしりょう》に手がかかる。

「犬塚さん、まずい」

　里恵の屋敷前でも一緒にいた世話役が、止め役になった。こっちは半白髪の、苦労人らしい面体《めんてい》だ。

「この男は学問所教授だ。身分は旗本でござる」

「旗本だと……おのれ、なにを偉そうに」

　敵愾心《てきがいしん》をあおられたかのように、犬塚は差料の鍔《つば》にあてた手を離さなかった。

「夜分に、我らが組屋敷を勝手に徘徊《はいかい》しておるのだ。大名だろうが旗本だろうが、断固として立ち向かうのは、根来衆として当然のことではないか」

　犬塚はきんきん声でまくしたてた。

「根来だか、わんころだか知らぬが、よく吠《ほ》えるな」

　小五郎は薄く笑った。

「あなた方こそ、暗くなってから鉄砲の稽古に来たのか。夜分に、ずどんずどん、とぶっ放されたら近所迷惑だが、鉄砲は担いでいないようだ。昨日の夕暮れ時とは違ってな」

　犬塚とその連れの面相が、ゆがんだ。

「お〜い、小五郎」

　剛次郎の声がして、大勢の足音が響いてきた。

「犬塚殿！」

　半白髪の連れが、えら張り侍の袖を強く引いた。

「おい論語読み、覚えておれ。次は五体満足では帰さぬからな」

　犬塚はまだ吠えている。

「あいにくここ十年、論語は紐解《ひもと》いておらんが、貴殿のことは覚えておく」

　小五郎が静かに告げると、

「俺の三匁五分筒《さんもんめごぶづつ》で、胸に風穴を空けてやる。ひゅうひゅうと木枯らしが通る風穴をな。根来衆の業前《わざまえ》を見くびるなよ」

三匁五分とは鉄砲の口径のことを言っているのだろうが、犬塚はそんなごろつきのような捨て台詞を吐いた。


「いまのは世話役のひとりだったな」

剛次郎は、犬塚の後ろ姿を見て言った。

「剛次郎、筒音を聞いた者は、いなかっただろう」

小五郎がさらりと告げると、

「おい、なんだと。おまえ、聞いた者はいないと端《はな》からひらめいていて、それなのに俺たちを走りまわらせていたのか」

剛次郎は目を怒らせた。市松と勘六、それに手下たちも穏やかではない顔だ。

「怒るな。よくよく考えれば、聞いた者はいないはず。そう思い直したのは、たったいまだ」

小五郎は御用聞きと手下たちに、目で詫《わ》びる意を告げた。

「どういうことだ。たったいま、いったいなにがあったというのだ」

迫ってくる剛次郎に、

「六人がいっせいに撃ったとなれば、轟音《ごうおん》は組屋敷とその周囲に、轟《とどろ》きわたるだろう。帰路を急ぐ茶内も背中で聞いたろうし、組屋敷の内外でも、さすがに人の口の端《は》に乗るはずだ。皆が聞きこみに手間取ったのは、そもそも筒音がなかったからだ」

小五郎の言葉に、市松と勘六がこっくりとうなずいた。

「それからな。硝煙蔵から、卵が腐ったような黒色火薬の臭気《しゅうき》とは別に、昼間、里恵さんの屋敷で嗅いだ匂いも感じた。野菜の腐ったような匂いだ」

あれは、弟切草を煎《せん》じる匂いであったのだ。

弟切草は別名を、血止め草と言う。煎じても薬用になるし、患部《かんぶ》に直《じか》に塗っても血止めになり、傷を癒《いや》す。

小五郎は推量を働かせた。

世話役たちは、啓太郎を鉄砲で撃ち殺す気はなかったのだろう。

しかし、なんらかの制裁は加えるというのが、一念と犬塚匠、双方の意向を忖度《そんたく》し、六人組が醸《かも》しだした雰囲気であったのだ。

それで啓太郎は、とにかく傷を負った。

小五郎は硝煙蔵に近づいた。

「啓太郎はこの中にいる」

分厚い樫《かし》の扉に手をかけようとしたが、大きな鉄の錠前《じょうまえ》がかかっていた。

「開かないな。分厚い扉と、たいそうな錠前だ」

小五郎が諦め顔になると、剛次郎が駆け寄ってきた。

「おい、啓太郎、いるか？　いるなら、すぐに出てきてくれ」

どしんどしんと、乱暴に扉を叩く。

「これこれ、よしなされ、物騒じゃぞ」

そのとき、しわがれた声が闇を震わせた。

「黒色火薬は発火しやすい。大きな揺れにより、暴発して大事にいたることがある。いまは梅雨で湿気《しけ》った季節だが、油断はできんのだ」

近づいてきたのは、七十路《ななそじ》に近い老人だった。

「そこもと、お名は？」

たしなめられた剛次郎が、ぶすっと聞いた。

「須郷為五郎《ためごろう》と申す」

老人は武士のようだったが、細工場からの帰りなのか、袴は穿かず前掛けをしていた。

「須郷……啓太郎のご縁者ですかな?」

剛次郎の問いに、

「さよう、大叔父《おおおじ》にあたり申す。といってもこちらは、ものの数には入らぬ厄介者だが」

為五郎は屈託なく笑った。

「失礼だが、そのお年で細工場に出ておられるのか?」

小五郎は痛ましい思いで訊《たず》ねた。

「厄介爺《じじ》でござるからな」

為五郎は、かっかっと笑った。

武家社会では、こういう不運な一生を送る者が、しばしば出る。

冷や飯食いに生まれたが養子にいきそびれ、かといって町人として生きる道も選べず、一生を生家《せいか》の厄介者として過ごす。

この為五郎も、厄介叔父だの、厄介爺だのと呼ばれて、生きてきたのだろう。

「死ぬまで食い物をあてがってもらうには、死ぬまで働くしかあるまい」

だが言葉とは裏腹に、笑いに自嘲《じちょう》の響きはなかった。

これはよほどの人物だと、小五郎は言葉をあらためた。

「ご老人におうかがいいたします。硝煙蔵の黒色火薬は油断ができないとの仰《おお》せでしたが、過去に暴発騒ぎでもありましたか？　申し遅れましたが、私は伊能小五郎と申す者です」

「うむ、あり申した」

隠す素振《そぶ》りもなく、語りだした。

「もう十年も前になるか。蔵の中で暴発があり、火薬袋の整理をしていた雪村《ゆきむら》という若い同心が、巻きこまれて死ぬという惨事《さんじ》がありました」

小五郎は胸がざわついた。

「亡くなられた同心とは、どのような御仁《ごじん》でした？」

「どのようなとは？」

「たとえば、この組屋敷を生きやすいと思うたちか、生きにくいと思うたちか」

為五郎は皺眼《しわまなこ》を瞬《また》かせた。

「見映えのよい男でのう。芝居茶屋の主人に見いだされ、なんとかという屋号の、役者の養子にならぬかと勧められていた。千両役者も夢ではないと、ずいぶんとおだてられたようじゃが」

濃い疑念が、小五郎の胸に渦巻《うずま》いた。

「初対面の方に、はなはだ、ぶしつけではありますが……」

一度、低頭してから問いを重ねた。

「あくまでご老人の所見ということで、お聞きしたい。その暴発には、当時の世話役たちの意趣が絡んでいましたでしょうか？」

「それはわからぬ」

為五郎は言下にそう返してきた。

「正直、わしも貴殿《きでん》と同じ疑いを抱いた。だが、四十七家に入らぬ厄介者の身では、確かめようがない。朝から晩まで、細工場にへばりついておりますしな」

「かたじけない。よくわかりました」

小五郎は一礼した。

「星空もひさしぶりでござるな」

光の帯のように連なる天《あま》の川《がわ》を、為五郎は見あげた。

「この煙硝蔵自体、入ったことがないのでござる。聞くところでは、皮《かわ》の絨毯《じゅうたん》が敷いてあり、その上に黒色火薬の革袋《かわぶくろ》が積みあげてあるとか。雪村はあたふたと、絨毯の上を歩きまわっていたのではないかのう」

目線を地上に戻した為五郎は、これにてごめん、と背中を向けた。

「あとひとつだけ、うかがいたい。蔵の鍵《かぎ》を持っているのは、野々村一念殿ですか？」

「御説のとおりじゃ」

為五郎は背中を向けたまま、そう応じた。

「いや、あの爺さま、よくしゃべってくれましたね。組屋敷の人間は、とかく口が重いんだが」

勘六が首を振って感心した。

「失う物がない者は強い。老い先も短いしな」

口をつく言葉は辛辣《しんらつ》だが、剛次郎もいたわりのこもった目で、為五郎の後ろ姿を見送っていた。

「絨毯が敷いてあり……その上をあたふたと……大きな揺れでも大事にいたる」

小五郎は、為五郎の言葉を反芻《はんすう》していた。

「……そうか」

絡繰《からく》りが解けた。

「勘六、すまぬが手下を走らせ、まだ開いている草履屋を見つけて、婦人が用いる鶯色《うぐいすいろ》の草履を買い求めてきてくれ」

「鶯色ですか」

勘六は首を曲げた。

「いや、鶯色がなければ、なんでもよい。とにかく大急ぎで、婦人用の草履が欲しい。それからな、それを持って里恵殿の屋敷に行き、履《は》き古しの草履と取りかえてきてほしいのだ」

小五郎は一同に、その思惑を語った。

煙硝蔵の中には啓太郎がいる。傷の手当と飲食をさせるために、里恵は夜陰《やいん》にまぎれてまたやってくる。あるいは一念も同道して。

そのことを察知した犬塚匠たちは、里恵の草履に細工をするに違いない。

その企みを挫《くじ》くために、細工がされた草履を新しい草履と交換するのだ。

「里恵殿の草履は、おそらくひとつだけだ。新しい草履となって、足元に多少の違和感はあっても、息子を助けるためなら気にはしまい」

小五郎は一同を見まわした。

「疲れているだろうが、もうひと働き頼む。明日の朝までには、決着がつく」

六幕

さすがは地元《ところ》の人間だけあった。なんとも拍子のよいことに、勘六の手下のひとりが履物屋《はきものや》の息子だったのだ。

小五郎と市松は届けられた草履を持って、里恵の屋敷に向かった。件《くだん》の履物屋の息子である弥八《やはち》という手下も、あとに従ってきた。

「おっと先生、危《あや》うく鉢合《はちあ》わせだ」

夜目のきく市松が、声をひそめて小五郎の袖を引いた。

犬塚匠とその相方が、木戸門からこっそりと出てきたのだ。

「仕掛け終わったようだ」

「そうですね。細工をした途端にすりかえられるとは、お釈迦《しゃか》さまでもごぞんじあるまい、ってやつですね」

市松は、うふっと目元をゆるめた。

「では、行くか」

小五郎は木戸の前まで歩き、夜分にあいすまぬが、と中に声をかけた。

里恵は驚いた目で、式台の前まで出てきた。

「夜分、あつかましいのは承知だが、白湯《さゆ》を飲ませてくれませんか」

里恵はおっとりとうなずいた。

短い廊下を歩きながら、小五郎は鼻をきかした。

昼間と同じ匂いがした。間違いなく、弟切草だ。

そして、かすかだが、火薬の匂いがした。ただ火薬は、鉄砲同心の屋敷ならば、いわば付き物ではある。

白湯ではなく、麦湯《むぎゆ》が振る舞われた。

ひと息で飲み干すと、小五郎はさりげない口調で訊ねた。

「さきほど木戸門のところで、世話役らしき人の後ろ姿を見たのだが」

「はい。火の用心、怠《おこた》りなくと、世話役の山室《やまむろ》殿が、わざわざご注意に立ち寄られて」

山室というのは、犬塚匠の相方の名だろう。

「山室という男は、ひとりできたのか？」

「はい、おひとりでした」

「さようか。師走《しわす》でもないのにひとりで夜まわりとは、酔狂《すいきょう》ですな」

いや、馳走《ちそう》になった、と小五郎は麦湯の椀を鼻先まであげた。

「私は論語読みが転じた蘭書読みだが、医術の心得もある。病人がお身内におられるのならば、ご遠慮なくお声をおかけください」

そう告げて、小五郎は腰を浮かした。

「その草履を、麦湯の礼に里恵殿に差しあげたい」

式台の前に、真新しい草履がそろえてあった。鶯色の鼻緒が清々《すがすが》しい。

「このようなものを、いただくわけには」

当然のごとく、里恵は当惑した。

「ご遠慮なされますな。代わりに、この古いほうを当方が頂戴いたす」

小五郎はすばやく履き古しを拾って、玄関先で控えていた弥八に手渡した。

「雲が出てまいりましたな。夜半から、また五月雨《さみだれ》が落ちてくるかもしれません。古い草履では滑りましょう。なかには剣呑《けんのん》な場所もありますからね」

「へへ、先生、親分」

弥八は、履き古しの草履を頭に角のように立てて、歩きながらおどけた。

ない。


「これ、どうします」

「おふくろさんにでも、やるといい。ただし、裏を水でよく洗ってからな」

　小五郎がそう応じると、弥八はにかっと笑って、古草履を懐にしまった。

「急ごう。朝までの長丁場になるかもしれない。場所取りをしておかないと」

　犬塚匠と山室某《なにがし》のふたりは、今頃は家で晩飯を掻っこんでいるだろう。

　そのあと煙硝蔵の前で、里恵と啓太郎の母子を追いつめようとしてくるに違いない。

　煙硝蔵の前に戻ると、味噌汁《みそしる》と香の物の香りがした。

「炊《た》きだしです。どうぞ、ご遠慮なく」

　勘六に勧められ、小五郎たちは立ったまま握り飯を食い、味噌汁を喉に流しこんだ。

「よし、おかげで腹ごしらえもできた。すぐに陣取りにかかろう」

　小五郎の言に、

「そうですね。世話役たちが現れる前に、こっちは身を隠しておかないと」

「まったく長い一日だ。朝方、八丁堀の屋敷に志摩屋の使いが来て、とるものもとりあえず屋敷を出た。それから、ずっと動きっぱなしだ。俺は小五郎のように、ちょこちょこ休んではおらんからな」

市松と剛次郎が、こもごもに応じてきた。

一同は数手に分かれ、角場の木柱の陰《かげ》や、砂鉄《さてつ》を入れた木桶《きおけ》の陰に隠れた。

「先生、あっしはさっそく、小便がしたくなりましたぜ」

「俺もだ。味噌汁を飲むと、てきめんにもよおしてくるのだ」

身を隠して小半刻も経たないのに、市松と剛次郎が、またこもごもに訴えてくる。

「我慢しろ……そら、お出ましだぞ」

闇が揺れて、男女が連れだって現れた。ひとりは風呂敷包みをもった里恵。そしてひとりは、板戸を背負った一念だった。

一念は懐に手を入れた。暗くて判然とはしないが、錠前の鍵を取りだしたのだろう。

がちゃがちゃと音がして扉が開き、ふたりは中に入った。

ふたたび、闇が揺れた。現れたのは、五人の世話役たちであった。一念と里恵をつけてきたのだろう。

五人は横一列となり、固い面相をして、硝煙蔵の前で仁王立《におうだ》ちした。

「あの馬鹿めっ」

小五郎は小声で罵《ののし》った。四人は常の羽織袴姿で弓張《ゆみはり》提灯を手にしていたが、犬塚匠だけが、着物に襷掛けし、大型の鉄砲を肩に担いでいた。

がたがたと音がして扉が開いた。

一念を先にして、あとから里恵が出てきた。ふたりは前後から、戸板を抱え持っていた。

戸板の上に寝かされているのは、啓太郎だろう。昏睡《こんすい》しているのか、ぴくりとも動かない。

ふたりで持つには重すぎるのか、足元が覚束《おぼつか》ない様子で、とくに里恵の両足が千鳥《ちどり》のように乱れていた。

「うっ！」

眼前に立ちはだかる五人に気づいた里恵が、硬直した。

「啓太郎を見逃してやってくれ。拙者と里恵殿は、なにも組屋敷の面々を裏切ったわけではないのだ」

一念が、ほとばしるような声を出した。

「聞こえませんな」

冷たく突き放す声は甲高い。犬塚匠の声だった。

「草履を履きかえたのか」

犬塚は里恵の足元を見て、舌打ちした。

「あわよくば、煙硝蔵ごと吹っ飛ばしてやろうかと策を練ったのだが……そうか、一念殿が見破ったか」

「見破った……まさか、里恵殿の草履裏に、黒色火薬を塗ったのか！」

一念は坊主頭から湯気を立てた。

「さるお方から勧められ、出がけに草履を変えました」

里恵がそう告げると、一念は安堵《あんど》のため息を漏らした。

次いで犬塚を、きっと睨んだ。

「おぬし、十年前と同じ手を、また使おうとしたのか。しかも、女性の里恵殿を謀《たばか》って」

一念の歯が、怒りでがりがりと鳴った。

「あのときおぬしは、役者に転じようという雪村に、裏側に火薬を塗った草履を履かせ、煙硝蔵に入れた。中の絨毯にはわずかだが、火薬がこぼれている。そこを火薬を塗った草履で歩かせれば、擦《す》れて発火して煙硝蔵は暴発する。それで、おぬしの目論見どおりに……」
一念は憤怒《ふんぬ》の形相《ぎょうそう》となった。
「草履を履きかえさせたのは、いったい誰だ。まさか、あの気障《きざ》な論語読みでは
あるまいな」
犬塚も憤怒の形相となって、里恵を睨んだ。
「そのまさかだ」
帯から抜いた白扇子を開きながら、小五郎は木桶の陰から立ちあがった。悠然《ゆうぜん》
とした歩みで、両者の間に割って入ろうとした。
「おのれ、頭でっかちの論語読み。よそ者とて容赦はせぬぞ」
犬塚は三匁半の筒先を向けてきた。
「なぜなのだ。啓太郎は追放すればよいだろう。どうして、そんな物騒なものを
持ちだすのだ」
小五郎は静かに問うた。
犬塚は筒先を小五郎から外し、啓太郎に向けながら口走った。
「一念さん、あなたは組屋敷の流儀を破った。仲間内、とくに世話役の間では、
互いに偽《いつわ》らない……それが掟《おきて》だったはずだ。それなのに、あなたは啓太郎を我々

から隠した」

次いで、山室が口を入れた。

「六人で筒先をそろえ、啓太郎を組屋敷から追放する。我々は、そう決めた。本来ならば鉛玉《なまりだま》は詰めぬが、玉薬《たまぐすり》をこめて空砲《くうほう》を六発放ち、二度とここには戻るなと、轟音によって啓太郎に知らしめるはずだった」

山室は苦みを浮かべた口で続けた。

「それを、『筒音を響かせるのは、人騒がせで大仰すぎる。啓太郎に向けて我らが筒先をそろえるだけで、十二分に意思は伝わる』などと、ぬるいことを申されたのは、一念殿じゃ。不承不承ではあったが、我らは一念殿の意を汲《く》んだ」

小五郎には、その場のありさまが、いまはありありとわかった。

昨日の夕刻、啓太郎は楠にのぼって、想い人である奈緒の後ろ姿を追っていた。

そこに茶内が通りかかったが、早く家に帰って酒を飲みたいという思いで、樹上の啓太郎には気づかないまま、通りすぎた。

それからすぐ、恐ろしい六人組が近づいてくるのに、啓太郎は気がついた。

息を呑《の》んだことだろう。自分に向けて筒先を並べてきたのだから。

動転した啓太郎は、轟音が鳴り響く幻聴《げんちょう》を聞いた。それで身体が樹上でぶるっと震え、顔が幹にこすれた。そして、水際の草原に落ちた。

水際には偶然、里恵がいた。奇《く》しき縁にあった兄・弓之助の祠に、花をそえにやってきていた。

そこへ、頭上から息子が落ちてきた。

頭を強く打ったせいか、昏睡したようにみじろぎもしない。

ひどく狼狽《ろうばい》したに違いない里恵だが、気丈《きじょう》にも周囲を見まわした。

半町《はんちょう》先に世話役たちがいて、筒先をこちらに向けている。

瞬時に事態を悟った里恵は、息子を草原に隠したまま、じっと息をひそめていた。


一念、そして小五郎と対峙《たいじ》する犬塚匠は、火縄に火をつけた。

「臆病者の啓太郎は我らの『構え』だけに怯え、みっともなくも樹上から落ちた。すぐに走りだした一念殿は、水際の様子を確かめて戻り、我らに偽りを告げた」

火縄が燃える光が、犬塚のゆがんだ口元を映しだした。

「啓太郎は金魚池に落ちて、水中でぴくりとも動かないとな。三十年前、弓之助が落ちた金魚池に、啓太郎も落ちた。これも因縁《いんねん》じゃな、とつぶやかれた」

犬塚の顔は、微醺《びくん》を帯びたように紅潮している。

「どうもおかしいとは思った。そこで山室殿とともに、須郷の家を見張っていたら、案の定だ。夕刻に里恵殿が、そわそわと煙硝蔵に入っていった。すぐに、ぴんときた。一念殿と示しあわせ、啓太郎をここに隠したのだと」

次いで犬塚は、火蓋を開いた。これで引き金を引けば、鉛玉が飛びだす。

「一念殿は鉄の掟を破って、我らを欺《あざむ》いた。なので、啓太郎は殺す。そのために今回は、おふたりのあとをつけてきたのだ」

押し殺した声で、犬塚は締めくくった。

「おかしいではないか、ならば、わしを撃つとよい」

一念が一歩動いて、筒先の真正面に立った。

「啓太郎を生かしたまま、組屋敷から出しはせぬ。志摩屋は北町とつながっている。そこの主人におさまったら、いずれ我らの所業もしゃべるに違いない」

今度は犬塚が半歩動き、筒先をあくまで横たわる啓太郎に合わせようとした。

「犬塚さん、山室さん、もうやめませんか」

五人の世話役ではいちばん若い小柄な武士が、たまりかねたように叫《さけ》んだ。

「そもそも、一念さんが我らを欺いたのも、犬塚さん、あなたのせいです。あなたは昨日も今夜と同じように、鉄砲にこっそり玉薬と鉛玉を入れていた。ことによっては、撃つつもりだったのでしょう。それを横目で見ていたので、一念さんは啓太郎を隠したのです」

「や、山口《やまぐち》、きさま……」

犬塚の目が泳ぎ、面相がゆがんだ。

「どうだ、犬塚、ここは引かぬか。我ら三人、じつは同意見なのだ」

背の高い温厚《おんこう》そうな世話役も、そう告げた。もうひとりもうなずく。

「どうする、形勢は三対二だぞ。合議で決める習わしであろう。鉄砲を引け、犬塚」

小五郎が穏やかに告げると、

「さよう、さよう、穏便《おんびん》がいちばんでござるぞ」

いつのまにか小五郎の背後に来ていた剛次郎が、猫撫で声で言った。

「そういうことならば」

山室は唇を噛みながら、犬塚から数歩、離れた。

「俺は負けぬぞ!」

だが犬塚は遠吠えのように甲高く言い放つと、三匁半筒を構えなおした。

「組屋敷一の業前《わざまえ》を見せる。我こそは、報徳院《ほうとくいん》・犬塚匠だ」

引き金にかかった指が、ぶるぶると震えていた。

「犬塚ぁ！」

胴間声《どうまごえ》を張りあげた一念が、両手をあげて犬塚につかみかかった。

「う、うわぁ！」

狼狽した犬塚は、仰《の》け反りながらついに引き金を弾いた。

どひゅ～ん、と轟音が夜空をつんざき、一念の胸元から、紫色の鮮血《せんけつ》が吹き散った。


「一念殿！」

真っ先に駆け寄った小五郎は片膝をつき、腕を一念の首に添えた。

「あなたは、死に場所を求めておられましたな。ご本望ですか」

皮肉めいた言葉が、つい口をついた。

「最期《さいご》にあたり、申されたいことがあれば、うかがおう」

胸元を撃ち抜かれ、手の施《ほどこ》しようがないことはあきらかだった。

「拙者の死をもって、なにとぞお許しくだされ。組屋敷のことも犬塚のことも」

ためらうことなく、小五郎は即答した。

「ここで生きてきた人々の、思いも事情も志《こころざし》もあったことでしょう。組屋敷の習わしのことは、私の関知することではない。だが……」

小五郎の頬が、わずかにゆがんだ。

「今際《いまわ》の際《きわ》のお言葉なれど、犬塚のことは見逃せませぬ。町方は組屋敷には立ち入れない決まりだが、私がかならず犬塚匠の罪状をあきらかにする」

犬塚は呆《ほう》けたように地面に座りこみ、がたがたと震えていた。

一念は目でうなずき、そして目を閉じた。

「ご心配なされるな、一念殿。啓太郎のこと、里恵殿のことは、私にできることはすべていたします」

小五郎は、一念の閉じられた目に、たしかにそう請けあった。

七幕

市ヶ谷台を震わすような鉄砲の音に、組屋敷の家々がざわつきだした。

「おお、啓太郎」

真っ先に煙硝蔵の前に駆けつけたのは、須郷為五郎老人だった。転がるようにして、横たわる啓太郎の胸に耳をあてた。

「まだ息はある」

為五郎は頰を紅潮させた。小五郎が極めて手短に経緯《いきさつ》を告げると、為五郎はしっかりと事態を把握《はあく》した。

「息はありますが、心の臓の鼓動が弱い気がします。なのでこれから坂をおり、志摩屋にて救命の処置をいたします。一か八かの荒療治でござる」

小五郎がそう告げると、

「うむ、あいわかった。よろしくお頼みいたす」

為五郎は黄ばんだ銀色の髷で、低頭した。

「ついては、ご老体に頼みがございます。ここしばらくは、組屋敷は揺れましょう。人々の動揺の大きさもさぞやと存じますが、ご老体のお力をもってひとつに結束《けっそく》し、逆風に耐えていただきたい」

「承知した」

為五郎は、迷うことなく請けあってくれた。

「数には入らぬ身だが、危急《ききゅう》の時じゃ。この厄介爺が組の衆をまとめよう」

「助かります」

小五郎は安堵のため息をついた。

「方々《かたがた》、それでよろしいな」

小五郎が世話役たちに念を押すと、犬塚をのぞく四人はいっせいに低頭した。

「では志摩屋に急ぐとよい。この為五郎が松明《たいまつ》をかかげて先導いたす」

「ご老体、それはお身体に障《さわ》りましょう」

小五郎が恐縮すると、

「六十年、提灯作りの夜鍋《よなべ》仕事に打ちこんできた身体でござる。それにわしにとっても、啓太郎は甥《おい》の子じゃ。枕頭《ちんとう》で励ましてやりたい」

えいほえいほと、松明を上下に振って走る為五郎に導かれ、啓太郎を乗せた板戸を囲んだ一同は、浄瑠璃坂をくだった。


志摩屋の家族が息を呑むなかで、小五郎は処置をはじめた。

手元には数本の、葉のついた楠の枝があった。

麹町から着いた恵流奈が、その楠を細かく切り、ギヤマンの徳利型の容器に、水と一緒に入れた。次いで、囲炉裏の火で熱した。

「楠のことを和蘭語では、カンフルという。これはシーボルト先生の講義録に書きとめてあったのだが」

カンフルは脳を刺激し、心の臓の働きを強める。つまり強心薬《きょうしんやく》として、和蘭では用いられている。鳴滝塾《なるたきじゅく》の講義で、シーボルトは塾生にそう教えていた。

強く熱せられ、しゅんしゅんと水蒸気が立ちはじめた。

「よいか、恵流奈。これは危急の時だからこその博打《ばくち》だ。危険はすこぶる高い。私も二度とはしないぞ」

恵流奈は目元に力をこめてうなずいた。

「おい、心もとないことを言うな。お奈緒が、気を失いそうじゃないか」

剛次郎は、両親に左右から支えられている奈緒に目をやった。

「だいたいおまえは、一念の最期の願いもはねつけた、ひどいやつだ。このうえ、お奈緒を悲しませるなよ」

「黙っていろ」

小五郎も緊張しきっていた。

「俺はシーボルト先生の薫陶《くんとう》は受けたが、医者をこころざしたわけじゃない。医薬の知識はあるが、実際の治療については、はっきり言うが素人《しろうと》だ」

その言葉に嘘《うそ》はなかったが、啓太郎と向きあう小五郎の所作には、果断《かだん》と落ち着きが、振りあいよく配されていた。

「よし、恵流奈。管の一端を器に入れ、一端を啓太郎の口に入れろ。水蒸気を送りこむんだ」

恵流奈は白く長い指で、すぐにその処置をした。

奈緒は、がくがくと震えている。

「小五郎、おまえもかなりいいかげんなやつだな。俺はこれまでおまえのことを、神の化身《けしん》だと、本気で思っていたのだぞ」

剛次郎が貧乏揺すりをはじめた。

「いいから黙っていろ。俺にも成算はある」

一喝《いっかつ》した小五郎は、

「恵流奈、次は鼻の孔《あな》から送りこんでみろ」

啓太郎から視線を外さずに、そう指図した。

「脳と心の臓は離れた場所にあるが、密接なかかわりがある。カンフルは脳に強く働きかける。私はそこに賭《か》けているのだが、喉や鼻の孔から脳に届くかは、わからん。この手がだめなら、次は水蒸気を冷やして、結晶《けっしょう》にする。それを、直に口に入れてみる」

次の手立てを算段しはじめたとき、

「あっ、啓太郎さん」

奈緒の背筋が伸びた。

啓太郎の額が震えたのだ。そしてその両目が、ゆっくりと見開かれた。

「あっ……奈緒さん」

ぼそっと、そうつぶやいた。その目には、力があった。

「心の臓の鼓動も強くなった」

啓太郎の胸に耳をあてた小五郎がつぶやいた。

「やったな、小五郎。俺も今回ぐらいはやると思っていたのだ。なにしろ、金魚池のまわりでは絶不調だったしな」

剛次郎がはしゃいだ。

「み、見事じゃ。これぞ神技であるな」

為五郎老人も膝を叩いて、感嘆した。

「先生、おめでとうございます」

恵流奈は手を握ってきた。市松は額に浮いた汗を、白扇子で扇《あお》いでくれた。

「伊能さま、なんとお礼を申しあげたらよいのか」

志摩屋の親子三人が、そろって両手をついてきた。

その横で、少し遅れて志摩屋に着いた里恵が、両手を合わせていた。

「恵流奈、今日はまぐれだ。最初に言ったように、このやり方は剣呑すぎるからな。絶対の禁じ手だと肝《きも》に銘《めい》じておけ」

「はぁ」

恵流奈は、なんだか物足りなそうだった。

「でも、これってやっぱり、先生の勝ちではありませんか」

「そうそう、誰が見たって先生の一本勝ちですよ」

口々に訴えてくる恵流奈と市松に、小五郎は相好を崩して告げた。

「樟脳の匂いが鼻について、眠りから覚めた。あるいは、奈緒の匂いに、若い啓太郎の身体が反応した……案外と、そのどちらかが答えなのかもしれん」

とにかくこれで、長い一日が、ようやくと終わった。

小五郎は、心地よい疲れを感じていた。

第三話　辻斬り赤頭巾

一幕

平河天神の門前にある油見世《あぶらみせ》・柳屋では、朝からにぎやかな歓談の声が店先まで響いていた。

「なぁ小五郎、朝っぱらからおまえを呼びだした用向きというのは、ほかでもないのだが……」

加薬飯《かやくめし》を口いっぱいに頬張《ほおば》りながら、剛次郎は切りだした。

「季節の美味《おい》しそうな里芋《さといも》を、牛蒡《ごぼう》や隠元《いんげん》、椎茸《しいたけ》と一緒に炊《た》きこんでみました。小五郎先生も恵流奈さんも、たくさん召《め》しあがってくださいね。売るほどこしらえてしまったので」

見世を切り盛りする市松の妹・お時が、学問教授所から足を運んできた師弟《してい》に、お替わりを勧めた。

「たしかに美味《うま》い、では、もう一膳《いちぜん》もらおうか」

秋が闌《たけなわ》になってきたせいか、小五郎にしてはめずらしく、旺盛《おうせい》な食欲を見せた。

「醬油と味《み》醂《りん》の振りあいがよいな。鶏肉《とりにく》も牛蒡も人参《にんじん》も、具材のどれもがやわらかくて、懐《なつ》かしい味がする」

「ならば、わたしも、お替わりしちゃおうかしら」

恵流奈も、お時が差しだす小盆《こぼん》に飯椀《めしわん》を乗せた。

加薬飯の豊かな味を前に、剛次郎の話には誰も見向きもしなかった。

「お、おい、おまえたち」

剛次郎は飯粒を吹き散らす勢いで、立腹した。

「人が重大な話をはじめようという矢先に、そろいもそろって無視しおって」

「ちゃんと聞いていますよ。それで、どんな一大事が出来《しゅったい》したんですかい?」

市松が場をとりなすように口を入れた。

「口をもぐもぐさせながら大事な話を持ちだすとは、誰も思わんぞ。それで、どうしたのだ、剛次郎。またぞろ失態《しったい》でも、やらかしたか」

小五郎は箸を使いながら、ちらりとだけ剛次郎を見た。

「しゅったいも、しったいもない。俺はな、謙虚《けんきょ》で慎《つつし》み深い性格だからな、自慢と受け取られるのが本意ではないので、照れていたのだ。だから、さりげなく切りだした」

剛次郎は、えへん、とひとつ咳払《せきばら》いをした。

「じつはな、昨夜、お奉行から役宅に呼ばれてな。加役《かやく》を仰《おお》せつかったのだ」

「かやく……かやくって、これですかい？」

市松は箸で椎茸をつまみあげた。

「たわけ！　おい、市松。おまえ、加役の意味を知っていて、わざと惚《ぼ》けたふりをしているのではあるまいな」

鼻から荒い息を吐いて、剛次郎は憤慨《ふんがい》した。加役とは兼任という意味だ。

「惚けるもなにも……ねぇ、先生」

市松は願う目を、小五郎に向けてきた。

「剛次郎、朝から怒るな」

と軽くあやしておいてから、

「ところで遠山さまは、まさかおまえに、廻り方を掌握《しょうあく》するよう命じたのではないだろうな」

小五郎は幾分、戸惑う目で剛次郎を見やった。

「さすがに小五郎は察しがよいな。うむ、その、まさかなのだ」

機嫌がたちどころによくなった剛次郎は、くいっと胸を反らす。

「知ってのとおり、町奉行所ではすべての役方に、与力・同心が配置されているが、定町廻《じょうまちまわ》りや隠密《おんみつ》廻りなど、第一線の廻り方だけは与力がおらず、奉行の直属という形になっている」

剛次郎は、すこぶる満足そうに語り続ける。

「遠山さまも、間に与力を入れておいたほうが無難《ぶなん》だと考えたのだろうな。内々のことながら、この俺に、廻り方の連中をまとめろと仰せられたのだ」

後ろにひっくり返りそうになるほど仰《の》け反って、胸を張った。

定町廻りなどの廻り方は、なんといっても奉行所の花形だし、付け届けなどの役得も多い、

「やはり、それか。おまえが廻り方をまとめるのか……」

小五郎は薄い息を吐いた。

「おい、みんな。断っておくが、加役といっても北町の内々でのことだ。だから役料もつかないし、役金《やくきん》も出ない。一緒に祝ってくれるというなら、蕎麦屋《そばや》ぐら

いなら奢《おご》ってやるが、八百善《やおぜん》で懐石《かいせき》を食わせろとか、芝居の木戸札《きどふだ》を都合してくれとか、そういう願い事はなしだぞ」

よほど嬉《うれ》しいのか、剛次郎が大口を開けて笑った。

「廻り方を掌握するとなると、八百善の料理切手だろうが三座の桟敷席《さじきせき》だろうが、いくらでも届けられてくるだろう。だが、俺は受け取らん。上に立つ者が襟《えり》を正さんとな。李下《りか》に冠《かんむり》を正さず、ということだ」

剛次郎は口元を引きしめ、俺にもお替わりを、とお時に飯椀を突きだした。

「それにしても、やっぱり遠山さまは、名奉行と言われることだけのことはあるわねぇ。ちゃんと見ていらっしゃる」

「そうだな。ここのところのうちの先生の活躍は、まさに快刀乱麻《かいとうらんま》。解けない謎《なぞ》を、ばったばったと解いて、雷電《らいでん》のごとく裁きをおつけになるからな」

市松とお時の兄妹は、口々に感嘆《かんたん》した。

「おい、待て待て」

剛次郎はうろたえた。

「間違えるな。お奉行から認められたのは、この俺だ。吟味方与力・深津剛次郎だぞ」

「ですから、その剛次郎さまを使いっ走りに、お江戸の難事件に立ち向かって百戦百勝なのは、小五郎先生なのでしょう。剛次郎さまを廻り方のまとめ役ということにしておけば、小五郎先生を動かしやすい。そういう遠山奉行さまの深慮遠謀《しんりょえんぼう》なのでしょう」

さして世間ずれしていない恵流奈までが、そう口を入れると、

「そうか、俺は使い走りに見えるのか……世間というのは非情なものだな」

剛次郎は怒る気力も失って、萎《しお》れてしまった。

「心配するな。私は遠山さまに踊らされたりはしない。これからは何事も、おまえがひとりで解決し、北の筆頭《ひっとう》与力を目指して立場を盤石《ばんじゃく》にしろ」

小五郎は冷めた口調で、そう宣言した。

「そ、それも少し冷たすぎはしないか」

剛次郎は湿っぽい声で、反発してきた。

「今日はな、加役の件を自慢しにきただけではなく、喫緊《きっきん》の課題の相談に乗ってもらうべく、やってきたのだ」

かっかっかっ、と三口で二膳目を腹に流しこむと、剛次郎は小五郎の膝先《ひざさき》ににじり寄ってきた。

「俺からおまえへの依頼には、お奉行の影が見え隠れしている。ここにいる誰もが、そう承知しているのだ。逃げられんぞ、小五郎」

「へへ、見え隠れじゃなくて、ずど〜んと見えっぱなしですけどね」

市松が横合いから混ぜっ返した。

「剛次郎の旦那《だんな》、喫緊の課題ってのは、ずばり赤頭巾《あかずきん》ですかい？」

「おお、そのずばりだ」

剛次郎は膝を打った。

「二度あることは三度ある。小五郎、これ以上の惨事《さんじ》は、我らの手で食い止めねばならんのだ」

「赤頭巾か……赤頭巾、赤頭巾」

小五郎はその名を、幾度も反芻《はんすう》した。

秋が闌《たけなわ》に色づく江戸に戦慄《せんりつ》が走ったのは、十日前のことだった。

宮芝居の人気役者である小野江橋九郎《おのえはしくろう》が、浅草《あさくさ》の山谷橋《さんやばし》で刺殺《しさつ》された。

橋九郎はもとの名を小野九郎次《くろうじ》といい、薄禄《はくろく》の御家人だった。

食い詰めて御家人株を売り、生来の美貌《びぼう》を活《い》かし役者となって、お役者御家人と仇名《あだな》されていた。

当夜は贔屓筋《ひいきすじ》と山谷堀の高級料亭・八百善で会食し、酔い覚ましに山谷橋で風にあたっていたところで、凶行に見舞われた。

あたりは吉原に通じる日本堤《にほんづつみ》の振りだしで、墨田川《すみだがわ》を見渡し、待乳山《まっちやま》の峰に月がかかる、江戸随一《ずいいち》の風情《ふぜい》ある土地柄《がら》であった。

夜半だったが、人通りがあった。くずおれる橋九郎のそばから、赤い宗十郎頭巾《そうじゅうろうずきん》を被《かぶ》った武士が、脇差《わきざし》を血振《ちぶ》りして赤鞘《あかざや》におさめつつ立ち去っていくさまを、湯屋帰りの職人のふたり連れが目にとめていた。

宗十郎頭巾は、錣《しころ》と呼ばれる菱形《ひしがた》の飾り布が頭部を覆《おお》っているのだが、赤頭巾のそれは頭の左右から、にょきっと生えた角《つの》のように見えたという。

それから三日後、第二の凶行が、浅草界隈《かいわい》を南にくだったお蔵前の鳥越橋《とりごえばし》で起きた。

殺《あや》められたのは、福島作兵衛《ふくしまさくべえ》という浪人《ろうにん》であった。

お蔵前の周辺には、札差が軒《のき》を並べている。作兵衛は、伊勢屋《いせや》という札差の対談方《たいだんかた》を務めていた。

札差は、小身《しょうしん》の旗本や御家人へ金を融通《ゆうずう》する。だが、それでも足りない貧乏幕臣たちは、札差に追い貸しを頼むべく、蔵宿師《くらやどし》と呼ばれる荒っぽい交渉役を雇い、なかば脅《おど》しをかけるように、札差の店先に送りこんでくる。

これに対し札差側も、弁舌《べんぜつ》が巧みで腕にも覚えのある浪人などを雇い、蔵宿師を迎え討つ。

これが、対談方と呼ばれる用心棒である。

福島は喉笛《のどぶえ》を脇差で突き刺され、七転八倒して橋板を掻《か》きむしって死んだ。

居残り仕事をしていた近所の札差の手代《てだい》が、断末魔のうめき声をあげる作兵衛と、南の橋詰めから悠々《ゆうゆう》と引きあげていく、赤い頭巾の武士を見かけた。

その武士の赤頭巾も、二本の角が生えたように見える、宗十郎頭巾であった。

「それでな、その福島作兵衛もまた、もとは御家人だったと、今日になってわかったのだ。お定まりの小普請《むやく》の貧乏御家人で、身をもち崩して札差の用心棒に成り果てていた」

食後の茶をすすりながら、剛次郎は言った。

「加役といっても、よいことばかりではない。凶行を目にとめていた者はいるが、現場から離れた赤頭巾については、その後、姿を目にしたという者がまるっきり現れないのだ」

いつもながらに、剛次郎は愚痴《ぐち》っぽかった。

「お奉行はこの事件が永尋《ながたず》ねになると見越して、それで俺を廻り方のまとめ役に置いたのかもしれない」

永尋ねとは、要するに探索の事実上の打ち切りだ。失態である。

「なぁ、小五郎。この赤頭巾の正体について、おまえのひらめきでなにか思いあたることはないか。すぱっと解決しないと、俺は廻り方統括《とうかつ》として、貫目《かんめ》を問われてしまう」

剛次郎の十八番《おはこ》である泣き言が出た。

「さっきまではべらべらと、あんなに自慢たらたらだったじゃないか。おまえは剛次郎ではなくて、愚痴から生まれた愚痴次郎だ」

と、ひとつ剛次郎をやりこめておいてから、小五郎は思案した。

「殺められたのはふたりとも、御家人崩れ。殺めたのは同一の男で、赤い頭巾を被っていた。手口はほぼ一緒、脇差による刺殺……」

瞑目《めいもく》して思索を深めてみたが、なにも浮かんでこない。

「駄目だ、赤頭巾というのも、やはり御家人崩れではないか……ということ以外は、なにも思い浮かばん」

「おまえでも駄目か」

剛次郎は長い息を吐いた。

「ならば、やはりやつに会ってみるか。おい、今日は昼飯も付き合え」

「読み終えたい書物があるから、断る」

「どうせ、横文字の読本《よみほん》だろう。それよりも火盗改《かとうあらため》の同心が、わざわざ我らに会いたいと言ってきているのだ」

「火盗改だと？」

小五郎は意外な思いがした。

「そうだ、おまえもよく知っている男だし、なりゆきだ、とにかく付き合え」

二幕

武士、町人を問わず、江戸の人間が気楽に酒を飲む場所といえば、蕎麦屋である。

小五郎と市松が、剛次郎に引っ張っていかれたのは、神田明神下《かんだみようじんした》の、かなり間口の広い蕎麦屋だった。

「小五郎さん、おひさしぶりです」

先に来て椅子《いす》代わりの酒樽《さかだる》に座り、蕎麦湯を飲んでいたのは、三十前に見える武士だった。

「誰かと思えば源七《げんしち》か。姓は奥山《おくやま》だったな」

幼馴染《おさななじ》みの顔が、そこにあった。たしか、ひとつふたつ年下だったはずだ。

「はい、いまは弥冨《やとみ》源七です。御先手《おさきて》同心の弥冨家に入りましたので」

おそらくは上総木綿《かずさもめん》だろう。源七は安価だが丈夫な羽織袴《はおりはかま》に身を包んでいた。

「私もいまは、伊能という。伊能小五郎だ」

小五郎は向きあって座りながら、弥冨源七の顔をまじまじと見た。

色白で目元のやわらかな男だった。幼い時分は、小石川《こいしかわ》・伝通院《でんづういん》の境内《けいだい》で、ともに遊びまわっていた仲だが、そのころの面影《おもかげ》はあまりない。

ただ、子どものころからの骨格や線の細い感じは、いまも残っている。

「この男は、こう見えて湯島聖堂の儒者だぞ。麹町のほうに居場所を見つけたいまは、休んでいるときのほうが多いがな。それでいて、俺やおまえとは違って、旗本待遇だ」

剛次郎がよけいなことを口にして、馬鹿笑いをした。

「俺もいまは、深津剛次郎だ。小石川の貧乏御家人の家に、冷や飯食いとして生まれた我らだが、運よく養子先にありつき、なんとか人並みの顔をしている。めでたいことだ」

飯台《はんだい》の前に立った剛次郎は左右に手を伸ばし、小五郎と源七の肩を叩《たた》いた。

「今日は、おおいに久闊《きゅうかつ》を叙《じょ》そうではないか。赤頭巾の件は、それからだ」

「昼間ですが、飲《や》りますか」

謹直《きんちょく》そうな顔をしているが、源七はいける口らしかった。

「おお、飲ろう。なぁに、酔わなければよいのだ」

剛次郎は、がはは、と豪傑《ごうけつ》笑いをすると、

「おい親仁《おやじ》、天麩羅《てんぷら》でも鴨《かも》の肉でもなんでもいい。種物《たねもの》の種を見繕《みつくろ》って持ってこい。それから冷《ひや》でいいから酒を、とりあえず四本だ」

景気のいい口調で注文した。

「おい、私はいらんぞ。杯は三つでいい」

こういうことは、最初にはっきり言っておいたほうがいい。酒気を嫌う小五郎は、剛次郎にではなく、店の親仁にそう告げた。

「この男はな、も〜てる、とかいう異国の酒しか飲まんのだ。葡萄《ぶどう》でこしらえた赤い酒らしいのだが」

飲《や》りはじめる前から、剛次郎はもう酔っているかのようだ。

「異国の酒を口にしていたほうが、女にも〜てると信じておる。どうだ、笑えるであろう」

源七は目のやり場に困り、市松は、あちゃっと額に手をやった。

「も〜てるではない、モーゼルだ」

膝を叩いて哄笑《こうしょう》する剛次郎に、小五郎は憫笑《びんしょう》をもって報《むく》いた。

「おまえには犬に論語だが、教えておく。東の隣国から流れきて、和蘭《おらんだ》を通って海にそそぐラインという大河がある」

こんな話は、市松や源七にしても退屈だろう。わかってはいたが、止まらなかった。

「そのラインの支流にモーゼルという流れがあって、その流域の葡萄酒を、モーゼルヴァインというのだ。これは、果実の風味がして絶品だ。おまえたちが飲むような、濁酒《どぶろく》まがいの安酒とは違う」

小五郎をのぞく三人は、渋い顔をして杯を見つめた。

「ところで源七、おまえは御先手組から、いまは火盗改に選抜されたわけか？」

　小五郎はさりげなく話題を変えた。

「さようです。拙者《せっしゃ》の組の組頭《くみがしら》が、加役として火盗改の組頭を兼ねたので、そういう仕儀になりました」

　火盗改の同心は、本籍は全員、御先手組の同心ということだった。

　そこに、酒と天麩羅がきた。

　最年少である源七が、まず年長の剛次郎の杯に注《つ》ぎ、少し迷ったあげく、小五郎にも勧めようとする。

「私はいい」

　小五郎が杯に手で蓋《ふた》をすると、

「では先生の代わりにあっしが」

　横合いから市松が、杯を差しだした。

「しっかし、付き合いの悪いやつだ。十五年ぶりか……いや、もっとかな。とにかく久方ぶりの再会だというのに」

　ぷはっと干しながら、剛次郎が自説を開陳《かいちん》した。

「夜の酒は、たしかに飲みすぎるし、酒代もかさむ。その点、昼の酒はおのずと自制が働いて、ほどよく心地よくなり、ほどよく饒舌《じようぜつ》になって話も弾む。勘定もほどよく懐《ふところ》に痛む程度だ。どうだ、けっこう毛だらけであろう」

「なるほどな」

剛次郎の口から出たにしては、めずらしく一理あると小五郎も思った。

ところが、あにはからんや弥富源七の酒は、昼間からまるで歯止めがきかない、恐るべき酒だった。


俗に、ねじ繰《く》りの酒とか、ねじ上げの酒という。

飲むほどに、酔うほどに、理屈を並べたて、人に絡んでくる始末の悪い酒だ。

そういう源七のような酒飲みを、ねじ上戸《じようご》とか腹立ち上戸と呼ぶ。

「御先手と言っても、いざ鎌倉《かまくら》というときに、本気で将軍家の御先手を務めようという気概のある者などおりません。組頭の加役で火盗改同心となっても、無気力なのは一緒です」

これでは、赤頭巾を捕らえることなど、とうていできないと、源七は飯台を叩いて憤慨した。

町方だけでなく、火盗改の側でも、赤頭巾の捕縛を狙《ねら》っているのだった。

「このわたしに采配《さいはい》を振るわせてもらえれば、赤頭巾などたちどころに引っ捕らえて、町方の鼻を明かしてやるものを」

素面《しらふ》のときの源七は、目元がすっきりとしているのだが、酔うと眉《まゆ》や瞳の色まで、濃く見えてくる。

「我ら御先手同心の日常は、酒を飲んでいるか、あるいは町方同心の付け届けの多さを羨《うらや》んでいるか。そのどちらかなのです」

憤然とした面持ちで、源七は虚空《こくう》を睨《にら》んだ。

「最下級とはいえ、御家人の端くれ。幕臣たるもの、もっと気概と矜持《きょうじ》をもって生きなければ」

ねじ上戸　句《く》読《とう》のきれぬ　くだを巻き……とは川柳《せんりゅう》の句集である柳多留《やなぎだる》の、一句である。源七はまさにそれで、杯を吸い物の蓋に替えて、句読を切ることなく悲《ひ》憤《ふん》慷《こう》慨《がい》し、手酌《てじゃく》であおっている。

次々と銚子《ちょうし》の追加を頼み、次々と銚子を飲み倒していく。

「ここまで御先手が自堕落《じだらく》になったのは、そもそも町奉行所の与力のせいだ。おい、剛次郎、おまえが悪い」

いきなり鼻先に、源七から指をつきつけられ、剛次郎は目をむいた。

「どういうことだ……というか、悪い酒だな。いや、とんでもない酒だ」

呼び捨てにされた剛次郎だが、立腹するというよりは当惑しきっている。

「知れたことだ。町奉行所はしくじりをした与力や、無能でいかんともしがたい与力を、御先手に押しこんでくる。そんなはぐれ与力の指図を受ける、こっちの身にもなってみろ！」

たしかに御先手の与力は、町奉行所与力の左遷先《させんさき》とされている。

「おい、もうやめておけ」

小五郎は源七の手から吸い物の蓋を取りあげ、ぱちりと飯台の上に伏せた。

「そうだ、だいたいおまえは年少のうえに、同心身分だ。町方と御先手の違いはあるが、俺は与力だぞ。呼び捨てはなかろう、呼び捨ては」

やはり腹に据《す》えかねていたのか、剛次郎はくどくどと文句を垂れた。

「きさまが与力だと……なにを笑止な」

蓋を取りあげられた源七は、銚子をつかんで直《じか》にあおった。

「天知る、地知る、人の知るだ。やい剛次郎、おまえが小五郎さんのおかげで学問吟味に甲種合格したことは、小石川界隈では有名な話だ」

「ゆ、有名……そ、そうなのか？」

剛次郎はたじろいだ。

「わたしは年若であったので、学問吟味を受けたときには、すでに小五郎さんはとっくに特等で合格してしまっていた。不運だ……わたしも小五郎さんから学問の手ほどきを受けていれば、鉄砲足軽《てっぽうあしがる》である御先手同心などでなく、勘定方《かんじょうかた》の役筋の家から迎えられ、将来《さき》は勘定奉行だって狙えたものを」

源七はまたもや飯台を拳《こぶし》で叩くと、顔を飯台に突っ伏した。

「おい、小五郎。こいつ、大丈夫かな」

剛次郎は面倒くさそうに、頬を飯台につけた源七をのぞきこんだ。

「日頃の鬱屈《うっくつ》が強いのであろう。御先手同心や火盗改の仕事が嫌なのか。それとも……」

養子入りした家、つまり、弥富家の居心地が悪いのだろうか。

「お待たせいたしました」

店の親仁の娘だろうか。襷《たすき》をかけた妙齢の娘が、煮物の皿を運んできた。

「うん……」

娘の声に呼応《こおう》したように、源七は額をあげた。

「えへっ」

市松が素《す》っ頓狂《とんきょう》な声を出した。

それも無理からぬことだった。酔いが額や目元を色濃く覆っていた源七の顔が、手妻《てづま》でも使ったように、蒼白《あおじろ》い酔いの抜けた顔に変化《へんげ》していた。瞳の色まで、薄くなったようだ。

「姉上……姉上ではありませんか」

源七は弾かれたように立ちあがった。

「ここでなにをなされているのです。父上も母上も、ご心配なさっているんですよ」

黄八丈《きはちじょう》を着た娘の袖《そで》を、源七はつかんで揺さぶった。

「ええ～」

娘は当惑し、気味悪そうな顔で後ずさった。

「あ、姉上だとう～」

親仁があわてて、すっ飛んできた。ねじり鉢巻《はちま》きをした、短気そうな親仁だ。

「さぁ、小石川に帰りましょう。じつは……」

源七は娘の袖をつかんだまま言った。

「わたしは、近々、上州岩鼻《じょうしゅういわはな》に赴任《ふにん》せねばなりません。こういうときこそ、姉上にしっかりしていただかないと」

「帰ってくれ」

源七の次の言葉を、親仁がさえぎった。

「勘定はいらねぇ、帰ってくれ。まったく、真昼間からとんでもねぇ戯言《たわごと》吐きの、ねじ上戸だ」

親仁は塩でも撒《ま》きかねない面付きだった。

「帰る。だが帰る前に、駕籠《かご》を一丁呼んでくれ、それから水を飲ませたい」

小五郎が穏やかに言うと、親仁はこっくりとうなずいた。

茶碗の水をひと息に飲み干すと、源七はぼんやりと小五郎を見た。

「よいか、源七」

よけいなことと思ったが、小五郎はつい口にした。

「おまえは、御先手同心の家に養子入りした弥冨源七だ。それ以外の何者でもないのだぞ」

横で剛次郎と市松が、うんうんとうなずく。

「御先手としての仕事、火盗改としての仕事を専一《せんいつ》に考えろ。ただし、周囲をよく見て、突出してはならんぞ。おとなしくしておれ」

我ながら年寄りくさい説教だとうんざりしていたが、この源七には言わねばな

らない。

自分の知る源七は、生真面目でまっすぐな性格だった。臆病《おくびょう》で小心でもあった。

それでいて、妙に意固地なところもあった。

いずれにせよ、同列の同心たちのなかで、跳ねあがって生きていく男ではない。

「それからな。渡る世間には種々雑多な人間がいる。姑息《こそく》な者、卑怯《ひきょう》な者、臆病

な者。いちいち腹を立てていたら、身がもたんし、心ももたん。正視しづらいも

のには、ときに目をつむって生きていくのだ」

――そうでないと、自分のようなはぐれ者になるぞ。

口には出さなかったが、声を枯らしてそう叫《さけ》びたいところだった。

「わたしに……堕落から目をつむれと」

源七は悲しげな顔をしたが、その両目は虚《うつ》ろであった。

それから、またもや飯台の上に突っ伏し、いびきをかきはじめた。

「まったく、呆《あき》れた男だな、始末が悪い」

剛次郎の声は怒気《どき》を帯びていた。

「おい、親仁。駕籠が来たら、この男を乗せてやってくれ。これが酒代と手間賃だ。それから駕籠かきの酒手《さかて》も置いていく」

財布から支払いながら、剛次郎は言葉を添えた。

「俺たちは用があるから引きあげる。もしこの悪酔い男が、駕籠に乗る前に暴れたりしたら、すぐ番屋に人を走らせろ。俺は北の吟味与力で、深津剛次郎だ。俺の名を出せ」

剛次郎がおごそかに告げると、親仁は不安そうにうなずいた。

「赤頭巾の件だが、やはり俺はかかわらないぞ」

小五郎がぶすっと漏《も》らすと、剛次郎はちっちっちと舌を鳴らした。

三幕

翌朝、小五郎は麴町・学問教授所の囲炉裏《いろり》の前で、物思いに浸《ひた》っていた。

思うのは養父母への感謝の念。そして若くして逝《い》った妻のことである。

養父母には子がなく、姪《めい》を養女にして、小五郎と娶《めあわ》せることになっていた。

ところが小五郎は身を固めるのを嫌い、しばらくは学問ひと筋に打ちこみたいと願った。

養父母は小五郎の思いを汲《く》み、我が子同然に慈《いつく》しんでくれた。

それでも小五郎が人並みに妻帯《さいたい》することを、養父母は願っていた。

小五郎もそんな養父母の思いを汲み、七年前にその姪を娶《めと》った。

ただもともと、蒲柳《ほりゅう》の質《しつ》だった妻は、祝言《しゅうげん》をあげてわずか一年で病床に伏し、小五郎と養父母に見守られて逝ってしまった。

妻を送った伊能家は、寂寥《せきりょう》の影が濃くなり、寛容《かんよう》で情味の篤《あつ》かった養父母が、それから次々と世を去った。

ひとりになって、もう五年になる。

「先生、いま戻りましたぜ」

玄関の土間から声がかかり、ぎぎぎと板襖《いたぶすま》が開いて、市松が入ってきた。

「さっそくですが、けっこう苦労いたしましてね」

座りこんだ市松は、自分で徳利《とっくり》から麦湯《むぎゆ》を注いだ。

「十五年も昔のことなので、奥山なんて御家人家族のことを覚えている人間が、少なくなっておりまして」

市松は昨日の夕方から、小石川伝通院の西側、御家人屋敷が密集する界隈に、聞きこみをかけてくれていた。

「すまなかったな。それで、大叔父《おおおじ》には会えたか」

小五郎の祖父の弟にあたる人がまだ存命で、御家人屋敷で隠居《いんきょ》暮らしをしていた。

「へぇ、お会いしました。さすがに先生のお血筋だけあって、八十路《やそじ》近いのにまだ、頭がしゃきっとしていてね。その大叔父さまだけは、源七さんのお姉上って人を、よく覚えておいででした」

そこから市松の声音《こわね》が、しんみりとしたものになった。

源七には、たしかに姉がいた。しかしまだ源七が幼い時分に、流行風邪《はやりかぜ》をこじらせて儚《はかな》くなったという。

「風邪ということになっているが、怪しいものだ。なにせあのあたりでも、とくに貧乏であったから……などと大叔父さまは、おっしゃっていました」

まさか餓死《がし》ではないだろうが、困窮《こんきゅう》する暮らしのなかで罹《かか》った病《やまい》が、まだ幼い娘の命を縮《ちぢ》めた。大叔父は、そんな見立てをしているようだった。

「そうか、私も剛次郎もよく源七と遊んだものだが、姉がいたとは、ついぞ記憶がない」

朝から痛ましい思いに駆られた。

「大叔父さんのほかに、水道町《すいどうちょう》の町場の連中からも、少しばかり話が聞けましたんですが……」

御家人の町である小石川の南に、神田上水に沿って水道町という町場がある。

「源七さんの生家《せいか》である奥山家なんですが、どうも一家離散の憂《う》き目に遭《あ》ったようですぜ」

「一家離散か……」

さすがの小五郎も、次の言葉に詰まった。

「源七さんの、おっかさんですが、これは源七さんがまだ童《わらべ》の時分に、屋敷から姿が見えなくなったそうです。当時は、外に男を作って家出したなんて噂《うわさ》も流れたようでしてね。あくまでも噂ですが」

悄然《しょうぜん》とした口調で、市松は語り継いだ。

「おとっちゃんのほうも、源七さんが弥冨家に養子入りしてすぐに、姿を消したそうです。それで屋敷は、いまは手習い処《どころ》になっています。御家人株を売ったってことでしょうね」

剛次郎が小さな勘違いをしていたことに、小五郎は気がついた。

源七は、剛次郎や小五郎とは違い、冷や飯食いではなく、二十俵二人扶持《ぶち》とはいえ奥山家の嫡男《ちゃくなん》であったのだ。ただ、継ぐべき奥山家自体が、売り飛ばされてしまった。

小五郎は推測する。

源七の父親は御家人株を売り、株代金で借金を返したうえに、残った金を持参金にして、倅《せがれ》を弥冨家に養子に出したのではないか。

それで自分は浪人になったか、武士を捨てたか、とにかく町場でひっそりと暮らしはじめた。そんな顚末《てんまつ》ではなかったろうか。

「まぁ、一生を二十俵二人扶持の小普請の貧乏御家人で過《す》ごすよりは、三十俵三人扶持で一応は御先手同心という役目《やく》ある御家人として生きるほうが、ずっといい。昼間っから悪酔いするほどの、悪い人生じゃないと思いますがね」

市松の言葉には真実味があった。

「おい、小五郎、いるか」

またぞろ騒がしい声が、玄関先から響いた。

「八丁堀与力というのは、よほど暇《ひま》なのだな。麴町までは遠い遠いと、文句を言いながら、しょっちゅう顔を見せすぎだ」

小五郎が顔をしかめると、

「いきなりご挨拶《あいさつ》だな」

どっこいしょと囲炉裏端《ばた》に腰を落として、剛次郎は反発した。

「これも御用だ。加役のほうのな。そうでなければ、こんな辛気《しんき》くさい学問所になど、誰が好きこのんで来るものか」

頬を膨らます剛次郎に、市松が麦湯を勧めた。

「昨日の酒代は俺がもった」

「なんだ、酒代の取り立てか」

小五郎は手文庫に手を伸ばして、引き出しの中の財布を取ろうとした。

「そうではない。俺がおまえを無理に誘ったのだから、酒代は俺がもつ。だがな、源七の駕籠代まで面倒を見るいわれはない。それをあの源七は……俺を呼び捨てにしただけでは、飽き足らず……」

剛次郎は歯ぎしりしながら、弥冨源七を罵《のの》りはじめた。

昨日、神田明神下の蕎麦屋で、剛次郎は駕籠かきに、心付けの酒手だけを置いてきた。駕籠代は源七の家の人間にもらえと、蕎麦屋の親仁から駕籠かきに伝言をさせた。

駕籠かきのふたりは、源七を麻布市兵衛町《あざぶいちべえちょう》にある御先手組の組屋敷まで送り届けた。

ところが、組屋敷内の源七の屋敷にたどり着いたものの、家人《かじん》の姿はなく、源七は泥酔《でいすい》から覚める様子もなかったとのことだ。

それで今朝になって、北町奉行所で執務《しつむ》していた剛次郎のところに、駕籠かきふたりが雁首《がんくび》を並べ、駕籠代の取り立てにきたというわけだった。

「奉行所の中だ、体面もある。俺は気持ちよく立て替えに応じた。しかしだな、何度も言うが、俺が払ういわれはあるまい」

がなりたててくる剛次郎には返事をせず、小五郎は思念に耽《ふけ》った。

源七の家庭は、うまくいっていないのだろう。

なので養子になど行かず、生家である奥山家を継いだ自分を、心の奥底の襞《ひだ》で夢想し続けているのではないか。

その夢想の世界においては、母も家にとどまり、姉が存命していて、家族四人で穏やかに暮らしている。

「泣き寝入りはしないぞ。源七を引《ひ》っ捕《とら》え、駕籠代を吐きださせてみせる」

剛次郎は延々と息巻いていた。

「駕籠代の取り立てについての、おまえの覚悟はわかった。用件はそれだけか」

小五郎がそっぽうを向きかけると、

「いや、違う、違う」

剛次郎はぷるぷると首を振った。

「また、出たのだ。赤頭巾がな」

貧乏揺すりをしながら、剛次郎は切りだした。

「ま、また出ましたかい、赤頭巾が！」

市松が目をつりあげた。

二度あることはやはり三度あったことに、市松は衝撃を受けているようだ。

「前後のことを話せ、簡略にな」

小五郎にうながされて、剛次郎はおもむろに語りはじめた。

襲われたのは、久住左門《くずみさもん》という、五十がらみの浪人だった。

稼業は、深川の岡場所の抱え主《ぬし》に雇われた、いわゆる付け馬《つうま》である。

揚げ代が払えなくなった客に同道して家に押しかけ、容赦ない取り立てをすることで恐れられていた……というより、忌《い》み嫌われていた。

付いた仇名は、姓の久住をもじって、御家人崩れの屑侍《くずざむらい》だという。

昨日の夜半、久住は深川・門前仲町《もんぜんなかちょう》の料理茶屋で遊んだ。深川では、妓楼《ぎろう》は表向き、料理茶屋の体裁《ていさい》をとっている。

金まわりは悪くなかったらしく、帰りは猪牙船《ちょきぶね》で永代橋《えいたいばし》の下をくぐり、住処《すみか》のある南新堀《みなみしんぼり》に近い船寄せでおりた。

その途端、疾風《しっぷう》のように近づいてきた赤頭巾に、赤い鞘の脇差でぐさりとやられた。

深川から久住を乗せてきた猪牙助《ちょきすけ》が、現場を目《ま》のあたりにしていたので、赤頭巾の凶行と知れたわけだった。猪牙助とは猪牙舟の船頭のことだ。

「やられたのは、やはり元御家人ですかい」

市松は眉宇《びう》を寄せた。

「なにせ、御家人崩れの屑侍という仇名だったそうだからな。もっとも、たしかなことなのかはわからんが、本人も否定はしていなかったようだ」

元御家人の付け馬ということで、その道では知られた男だったという。

「久住というのが本名かどうかも怪しい。本名を名乗ると、どんな役に就《つ》いていた御家人か、あるいは小普請《こぶしん》だったのか、素性《すじょう》を手繰《たぐ》られてしまうからな。もし本当に歴《れき》とした御家人だったのならば、前歴を詮索《せんさく》されたくはあるまい」

剛次郎はもっともらしい口調で、襲われた久住の心情を推し量った。

「赤鞘の脇差でぐさり……となると、最初にやられたお役者御家人・小野江橋九郎のときと、同じ手口ですね」

市松の言に、

「いや、それが違うのだ」

剛次郎はすぐに否定してみせた。

「久住左門は死んではおらん。最初のひと刺しで深くえぐられたが、赤頭巾はとどめを刺さなかったのだ」

「しくじったのではなく、わざと、とどめを刺さなかったのか？」

そこですかさず、小五郎は問うた。

「ああ、たぶんそうだ。猪牙助の話では、久住はかなり酔っていたらしい。赤頭巾が二の太刀、三の太刀を繰りだすのに造作はなかっただろう、と言っている」

……それはそうと、小五郎」

そこで剛次郎は反問してきた。

「赤頭巾というのは、太いやつだな。前の二件も人目につくところで、ことに及んでいる。そして今回も、猪牙助が突っ立っていることなど眼中にないように、やらかした。どういうことなのかな」

「おまえにしては、しごくまっとうな疑問だな」

頬をゆるめつつ、小五郎は返答をした。

「つらつらと考えてみたのだが、要は悪事だと思っていないのではないか。自分は天誅《てんちゅう》を加えている……そのくらいのつもりでいるのだろう」

「はぁ～」

剛次郎と市松が仲良く、異口同音に発した。

小五郎はもうひとつ、自分の見たてをふたりに述べた。

ここは推量でしかないのだが、赤頭巾は凶行に及んだあと、現場を離れてからは頭巾を外して懐にしまい、往来を悠々と引きあげていくのではないか。

普通の武士の身形《みなり》に戻ってしまえば、罪の意識がなく堂々と歩く赤頭巾を、人殺しだと見咎《みとが》める者もいないのだろう。

「そうか、だから凶行が起きたあとに、赤頭巾を目撃した者が現れないのだな」

剛次郎は、むぅ～と低くうなった。

「どうも胸騒ぎがする。悪い予感と言うべきか」

小五郎は頰を引きしめた。

「剛次郎、源七が養子にいった弥富家のことを、もっと調べろ。屋敷に家人はいなかったようだが、夫婦仲はどうかとか、子がいるのかとか、そういうことをだ。それから、火盗改での日頃の勤めぶりもな」

「与力を与力とも思わんやつだな。俺に指図できるのは、遠山さまだけなのだぞ……が、今回はとりあえず、おまえの顔を立ててやる」

剛次郎は恩着せがましく言って、腰を浮かしかけた。

「それにしても、あんな悪酔い男になぜこだわる……あっ、もしかしておまえ」

剛次郎は顎《あご》を天井に向けて、がっはは、と豪傑笑いをした。

「あの源七を疑っているわけじゃないだろうな。あのねじ上げ上戸が赤頭巾だと勘ぐっているとしたら、腹が茶を沸《わ》かすぞ」

そう言いつつ、目に涙を滲《にじ》ませて笑いこけている。

「たしかに、昨日の源七は、気が触れる手前のようにも見えたが」

剛次郎は、どっこいしょ、とまた座り直した。

「あの男はだな。優しかった姉の面影が忘れられず、酔うと記憶が混濁《こんだく》するのではないか。年寄りならともかく、まだ若いのに困ったものだが」

自分で麦湯をつぎ足しながら、しゃべり続けた。

「それに、なまっちろい青二才だぞ。子どものころは、いじめられっ子だった。相手が身をもち崩している元御家人とはいえ、続けざま三人に斬《き》りかかるような、そんな腕力も胆力も、源七は持ちあわせてはおらん」

剛次郎はそう決めつけるが、小五郎には気にかかっていることがあった。

「上州に赴任すると言っていただろう。江戸の治安《ちあん》を守る火盗改が、何用あって上州くんだりまで出向くのだ」

「それはだな～」

剛次郎は即座に返してきた。

「押しこみ強盗の一味かなにかが、江戸で暴れて、上州に逃げこんだのだろう。それを追って上州まで出張《でば》るのじゃないか」

凶悪な押しこみ強盗は、火盗改の主要な標的だ。上州には無宿者が多く、治安も荒れていて、凶状持ちには格好の逃げ場だった。

「あるいは八州廻《はっしゅうまわ》りの応援だな。上州にはいるだろう、あの国定忠治《くにさだちゅうじ》みたいな悪いのが。八州廻りをてこずらせるやくざ者が、うようよいる土地柄だ」

剛次郎は得意そうに言葉を並べるが、小五郎には確信があった。昨夜の源七は、自分が勘定所の人間だと思いこんでいた。

「忘れたのか、剛次郎。源七は岩鼻に行くと言っていただろう。上州岩鼻には、公儀《こうぎ》の代官所がある」

代官所には江戸から代官が赴任して、その一帯の天領《てんりょう》の経営をしている。

「ならば代官所の一角に、探索のための拠点《きよてん》を置くのではないか……というか、悪酔いしているときの言葉だ。そんなにこだわるな」

剛次郎は鼻を鳴らしたが、小五郎は深くとらわれていた。

「剛次郎、おまえはとにかく、御先手の組屋敷に探りを入れろ。なにかわかったら、すぐに知らせるのだ」

「まったく、与力さまを使い走りにする人間を、俺は三人知っているぞ。北の遠山さまと、南の妖怪こと鳥居甲斐守《とりいかいのかみ》。そして、おまえだ」

剛次郎は白けた顔で、そう吐き捨てた。

「興味深い。じつに興味深い」

おもわず口からついて出た。

「私のほうは、生家の奥山家の周辺に探りを入れてみる。源七の心の奥底の襞を、のぞき見てみたいのだ」

四幕

浄土宗《じょうどしゅう》の寺である光源院《こうげんいん》は、小石川伝通院に寄り添って建つ子院《しいん》である。その住職である尊念《そんねん》は、かつては伝通院の学寮で学んだ高僧で、近所の御家人の子弟を庫裏《くり》に集め、初等の学問を教えてくれていた。

小五郎や剛次郎、それに源七も、幼い時分に手ほどきを受けた。

長崎・鳴滝塾のシーボルトは小五郎の恩師だが、唯一無二《ゆいいつむに》の師ではない。というのも、この光源院・尊念《そんねん》がいるからだった。

「相変わらず、糠《ぬか》くさい庫裏ですな」

昼下がりに光源院を訪ねた小五郎は、座敷で尊念と向かいあうなり、顔をしかめた。

「うむ。鶯《うぐいす》の糞《ふん》と糠を混ぜて、顔に塗《ぬ》っておる。染みや小皺《こじわ》が取れるのでな。おかげでよう、もてるのよ」

尊念は七十面《づら》を、くしゃくしゃにして笑った。

若いころは博識をうたわれ、学僧としての将来を期待されていたが、いまはただの助平坊主《すけべいぼうず》だ。

賽銭《さいせん》をちょろまかしては、医者に化けこんで、岡場所通いをしている。ちなみに僧侶の女犯《にょぼん》は大罪というのが、建前である。

「それで、今日はこの大僧正《だいそうじょう》に、なんの用かな」

「大僧正だか大騒動だか知らぬが、根津《ねづ》の増田屋《ましたや》で、その最中に心臓をおさえて苦しみだしたと聞いた。年を考えて、少しは慎んだほうがよいですぞ」

小五郎は苦い笑みを漏らした。

「伝わったか」

尊念は坊主頭を撫《な》でた。

「生きている間だけが極楽に行ける。色の道だけは、往生するまでやめられん」

「往生際が悪いとは、尊念殿のことだな」

ひとしきりほがらかに笑いあったところで、本題に入った。

「奥山源七のことを覚えておられるか。おとなしい、影の薄い童《わらべ》だった」

「覚えている。あれは気の毒な子であったな」

「つい、昨日、じつにひさしぶりにあったのだ。養子に出るために、互いにこの小石川を去って以来だった」

小五郎は、神田明神下の蕎麦屋でのやりとりを克明《こくめい》に伝えた。

長い吐息《といき》をつくと、尊念は口を開いた。

「大人になっても、気の毒な男じゃ。弥冨源七の脳裏では、もうひとりの自分が、人生の年輪を重ねておる」

「もうひとりの名は、奥山源七のままなのでしょう。奥山の家は御家人としてそのまま残り、家族四人が平穏に暮らしている。そして源七は、親代々の小普請を脱し、勘定所に採用されたようだ」

「うむ。何事も現《うつつ》とは正反対の道行きを、奥山源七はたどっている。弥冨源七の、心の襞の中でな」

言わずもがなで、尊念は聡《さと》い。事態をしっかりと把握《はあく》してくれたようだ。

「奥山源七は、勘定所で順調に出世の道を歩んでいる……というのも」

上州岩鼻に赴任すると口にしていたのは、盗人の捕縛のためなどではなく、代官として赴任するため。小五郎は、そう見たてていた。

「もうひとつの人生を歩んでいる自分が、脳裏にでんと居座っている。それでときどき、現の自分の意識をおさえこみ、人前で奥山源七として言葉を発したりもする。なんとも厄介な病だが、その素《もと》は鬱屈でしょうか？」

小五郎は、色呆《いろぼ》け坊主ながら森羅万象《しんらばんしょう》に通じている師の尊念に、端的《たんてき》に問うてみた。

「おぬしの言うとおり、病のもとは鬱屈であろう。わしは地元の坊主ゆえ、いろいろと耳に入ってきておったのだが、あれの母親は、あれがまだ五歳かそこらの折に、役者崩れの若い男と駆け落ちしたそうじゃ」

小五郎は憮然《ぶぜん》とした面持ちで、耳を傾けていた。

「家には、しょっちゅう借金の取り立て人が来て、源七の父親を責めたてておった。そんな暮らしに耐えきれなくなったのか、父親が御家人株まで手放してしまった。養子にいけたからよかったものの、あれは父親のことを恨んでいるのではないかな」

尊念は源七の来《こ》し方《かた》について、幾分の推量を交えて語った。

御家人としての実家を失った形の源七だったが、学問がよくでき、容貌《ようぼう》も端整《たんせい》であったので、御先手同心である弥冨家に養子入りができた。

浪人となった父親は息子との縁を切るように、江戸の市井《しせい》に身を入れた。

母親はとうに家を出ている。

奥山家は文字どおりの、一家離散となったわけだった。

それらの鬱屈と寂寥が澱《おり》のように源七の心の奥底に溜《た》まり、存続している奥山家を継ぎ、勘定所に採用され、家族四人で円満に暮らすという、想念のなかの別の人生が生まれた。

「源七の来し方についての尊念殿の見たては、私のそれと、まったく一致しております。それでは、行く末についてはいかがでござる」

源七の病を治癒《ちゆ》する手立てはないか。その一事《いちじ》を問う小五郎に、

「妄想《もうそう》の病の癒《いや》し方じゃな。さて、難しいのう」

尊念は白い顎髭《あごひげ》をしごいた。

「ひと筋縄ではいかん。たとえて言えば、脳の奥が地震・雷《かみなり》に遭っているようなものじゃからな」

嘆息《たんそく》し、瞑目した。

「鬱屈が取り払われれば、妄想は消えよう。とはいえ、源七と奥山家に過ぎていった年月《としつき》を、もとに戻すわけにはいかん。過去の出来事が原因の鬱屈を、いまになって晴らすことはできんということじゃ。気の毒ではあるが」

身も蓋もない尊念の言い方ではあるが、この点についての小五郎自身の考えも、残念ながら同じだった。

「となれば、休ませるしかないわけか。滋養《じよう》をとり、身体を休ませ、楽しいことをさせて気鬱《きうつ》を散じさせてやる」

小五郎なりの見通しはあったが、まずは尊念の見解を確かめてみようとした。

「気長に取り組めば、勘定方の奥山源七が、御先手同心である弥富源七の脳裏から、退散《たいさん》することはありますかな?」

尊念は、また嘆息した。

「あるいはな。だが、よほどの慶事《けいじ》か痛快事でもないと、難しかろう。天下の美女が嫁に来るとか……仕事ぶりを認められて、与力に出世するとかな」

「尊念殿、それは難しい」

小五郎は眉を寄せた。源七の家にはおそらく家付き娘がいるはずだし、同心は、天地がひっくり返らないかぎり与力にはなれない。

小五郎が首を振ると、

「つくづく難儀じゃのう。お手あげじゃ」

尊念は、自嘲《じちょう》するように苦い笑みを浮かべ、坊主頭を撫でた。

「やはり、難儀ですか」

小五郎も嘆息した。小五郎なりの見通しというのも、妄想の病を退散させるのは至難《しなん》の業《わざ》ということであった。

「拙僧《せっそう》などは、岡場所通いをすれば、きれいさっぱり日頃の鬱が洗い流される。そのような扱いやすい脳みそならよいのだが……ああ、そういえば」

記憶がまたひとつ、尊念の脳裏によみがえったようだった。

「井伊家《いいけ》からもしお召しがあれば、弥富源七は歓喜《かんき》して御先手同心を辞し、これを受けるだろう。百石ぐらいもらえれば、随喜《ずいき》の涙を流すのではないかな」

「井伊とは、譜代《ふだい》筆頭の……あの井伊ですか」

いきなり出てきた三十五万石の大名の名に、小五郎はいささか面食らった。

「そうじゃ、大老職に就く家格の、彦根《ひこね》の井伊じゃ。ああ、小五郎は知らなかったか。当院は、奥山家の菩提寺《ぼだいじ》でもあったのじゃ」

なので、檀家《だんか》の家の由緒《ゆいしょ》にはくわしいとのことだった。

奥山家は薄禄の御家人だが、先祖は井伊家と同じ遠州《えんしゅう》の井伊谷《いいのや》の出で、井伊家とは遠い先祖を共有しているのだという。家紋も同じ、丸に橘《たちばな》。

「源七の爺《じい》さまがな、奥山家も戦国のはじめまでは、井伊を名乗っていたという言い伝えがあると、そう申しておった」

尊念は遠い記憶を手繰りながら、語り継いだ。

「武家には先祖自慢が多いからな。いまは落魄《らくはく》している家は、とくにそうじゃ。源七もあの爺さまの孫《まご》ならば、井伊本家からお呼びがかかれば、積年《せきねん》の鬱屈など、たちどころに雲散霧消《うんさんむしょう》するのではないか」

小石川からの帰路は、重苦しい足取りとなった。

(井伊の赤備《あかぞな》えか)

譜代筆頭の井伊家は、伊勢の藤堂家《とうどうけ》とともに、天下分け目の戦《いくさ》の折には、徳川軍の先鋒《せんぽう》を務めることになっていた。

その井伊の軍勢といえば、天下に知られた赤備え。甲冑《かっちゅう》も旗指物《はたさしもの》も、陣羽織も、すべて赤で統一されている。天下最強とうたわれた武田《たけだ》信玄《しんげん》の軍勢が、赤備えであったことにちなんでいる。

大坂の陣のときには、東軍の先鋒は赤備えの井伊軍と藤堂軍《とうどうぐん》が務め、やはり赤備えに統一した真田《さなだ》幸村《ゆきむら》を擁《よう》する豊臣方《とよとみがた》と衝突した。

(赤鞘の脇差に、赤い宗十郎頭巾。その赤頭巾には、左右から錣《しころ》が角《つの》のように立って見えた)

ふたつの角は、兜《かぶと》の前立てのつもりではないか。

前立てとは、兜の前面に立てる飾りである。

井伊家の中興《ちゅうこう》の祖《そ》である井伊直政《いいなおまさ》の兜に、三日月形の角《つの》のような前立てがついていたのは、広く人の知るところである。

次々とつながってきて、小五郎の足取りはいよいよ重くなった。

三人の御家人に凶刃《きょうじん》を振るったのは、源七に間違いない。

だが弥冨源七ではなく、奥山源七として、手をくだしたのか。

否。奥山源七は、順風満帆《まんぱん》な勘定方としての役人人生を歩んでいる。

二十俵二人扶持から、百五十俵高の代官は大出世だ。お代官さまと呼ばれる身分が待っているのに、無茶な真似をするはずがない。

五幕

かなり歩きでがあったが、城北の小石川から江戸城を迂回《うかい》し、城南の麻布市兵衛町まで急ぐことにした。

麻布まであと一歩という溜池《ためいけ》のほとりまで来たとき、

「おお、小五郎」

溜池の景色を売り物にする水茶屋から、声がかかった。

「先生、こっちこっち」

池畔《ちはん》に面した床几《しょうぎ》から市松が立ちあがり、駆け寄ってくる。剛次郎は口に団子《だんご》を頬張りながら、手招きしていた。

「いやあ、疲れた。足が棒のようだ。なので、しかたなしに一服していたのだ。廻り方の加役も、楽ではないぞ」

「愚痴次郎の愚痴はいい。それより、御先手の組屋敷の様子はどうだったのだ」

剛次郎の横に腰かけるなり、小五郎は訊《たず》ねた。

「おお、そのことだ……おい、親仁。団子のお替わりだ」

まず注文を済ませてから、剛次郎は語りだした。

「ここ半月ほど、源七は組屋敷に戻ってはおらん。それからな、女房殿とは、とうに別居していたようだ。いや、この女房というのが、かなりの悪妻でな」

「いや、悪妻の中身は、いまはいい」

気が急《せ》いていた小五郎は言下にさえぎった。

養子入りした弥富家でも、源七は家庭に恵まれていなかった。そのことは、とうに察しがついていたことだった。

「剛次郎、市松。赤頭巾の正体は、弥富源七だ」

そう端的に告げると、

「ほ、ほんとか？」

剛次郎は上目遣《うわめづか》いをしてきた。市松は、こっくりとうなずいている。

「光源院の尊念住職と会って、話をしてきた」

小五郎はそのやりとりを、ふたりに伝えた。

「妄想がこうじて、もうひとりの自分になってしまうのか。もしかしたら離魂病《りこんびょう》かと、俺は昨夜から思っていたのだがな……というのもな」

聞き終えた剛次郎は、別口の推測を持ちだしてきた。

「俺の八丁堀の屋敷には、例によって貸家を造ってある。その一軒に、易者《えきしゃ》が入っているのだ」

八丁堀の組屋敷に住む与力・同心は、割りあてられた屋敷地の、道路に面した部分に長屋を建てて町人に貸し、生活の足しにしている。

町人といっても八っつぁん、熊さんに貸すのはなんとなく憚《はばか》りがあり、医師や手習い師匠などが多いのだが、人相見の易者に貸すこともままあった。

「易者の十六夜白蓮《いざよいびゃくれん》先生に、昨日の源七のことを相談してみたのだ。そうしたら、先生はその方面にもくわしくてな、いろいろと教えてくれた」

剛次郎の屋敷の店子《たなこ》になっている白蓮というのは、どうやら女の陰陽師《おんみようじ》、つまり占《うらな》い師らしい。

「死ぬ直前に、身体から抜けた霊魂《れいこん》のことを、面影というらしい。蕎麦屋の娘は、源七の姉の面影だったのかもしれん」

剛次郎は突拍子もないことを吹きこまれてきた。

「それからな、自分の身体から魂《たましい》が抜け出て、生霊《いきりよう》として勝手に動きだす病を、離魂病というらしいぞ。源七は、この離魂病に罹《かか》っているのではないか」

剛次郎は真面目な顔で、そう宣《のたも》うてきた。

「つ、つまりは、源七さんの生霊が、昨晩の付け馬殺しをやらかしたってことですかい」

市松は薄っ気味悪そうに、面相をしかめた。

「ああ、殺しではなく、深手を負わせただけだがな」

市松が真《ま》に受けてくれたので、剛次郎は満足そうだ。

「ただ、生霊とはいえ、源七は源七だ。あの青瓢簞《あおびようたん》が三件もの辻斬《つじぎ》りを働くとは、どうしても思えないのだがな」

腕を組んだ剛次郎は、大きく首をひねった。

「おい、おまえたち」

小五郎はふたりを、いつになく険《けわ》しい眼差しで見据えた。

「読売屋が欣喜雀躍《きんきじやくやく》しそうなネタだが、思い違いをするな。そういう戯言《たわごと》の風説が流布《るふ》したならば、打ち消して歩くのが、おまえたちの仕事なのだぞ」

一喝《いっかつ》されて、剛次郎も市松も、へなっと萎《しお》れた。

「それよりも、急いで源七を探せ。万難《ばんなん》を排しても、見つけだせ。第四、第五の凶行に走らせる前に、取りおさえるのだ」

声を励ます小五郎に、

「おっと、合点。すぐに源七さんの似面絵《にづらえ》をこしらえて、江戸中に撒きますぜ」

「俺は廻り方だけでなく、奉行所で内勤をしている同心たちにも、号令をかける。北の総力をあげて、源七を炙《あぶ》りだす」

市松と剛次郎が、まなじりを決して呼応した。

市兵衛町にある御先手の組屋敷の様子は、剛次郎たちから聞くことができた。行き先を変えた小五郎は、溜池沿いに、歩を西北に進めた。

赤坂御門《あかさかごもん》をくぐり、市松の地元である平河町に入る。

このあたりは、けだもの屋と呼ばれる、鹿《しか》や猪《いのしし》の鍋《なべ》を食わせる店が軒を並べているが、番町《ばんちょう》・麹町に住む旗本たちを顧客とする質屋や道具屋も集まっている。

小五郎はそうした店の暖簾《のれん》を次々と分け、主人や番頭と言葉を交わした。

「ああ、井伊さまにお出入りの道具屋さんでしたら、平河町二丁目の近江屋《おうみや》さんでしょうね」

伊勢屋という質屋の親仁が、小五郎の問いに、そう返答してくれた。

「近江屋さんは、刀剣武具を手広く扱っています。当然ですが、彦根藩士の顧客も多いようですよ」

目指す場所は、意外に近かった。平河天神のすぐ裏手である。ちなみに天神のほんの数町、東側の外桜田《そとさくらだ》に、彦根藩・井伊家三十五万石の上屋敷がある。

伊勢屋を出た小五郎は、近隣の近江屋まで足を急がせた。

源七は井伊の一族であることに、強い自負を持っているに違いない。

ならば、源七にとって唾棄《だき》すべき、堕落した御家人に正義の制裁を加える道具は、井伊家御用達《ごようたし》の店から買うのではないか。そんな見当をつけて、小五郎はここまでやってきたのだった。

「公儀学問教授所の教授・伊能小五郎だ」

暖簾を分けた小五郎が、応対した番頭に官姓名を告げると、

「ああ、善国寺谷の教授先生ですね」

近所のことなので、番頭は学問教授所の名と場所を知っていた。

そして隠す素振《そぶ》りもなく、小五郎の問いに答えてくれた。

「赤鞘の脇差に、頭巾に使う赤い羽二重《はぶたえ》の生地でございますね。たしかに手前どもで、ご注文を受けました」

番頭は帳簿を繰りながら、続けた。

「脇差は先祖伝来だそうで、刀身《とうしん》はそのままに、赤色の鞘だけ新しくあつらえました。頭巾のほうは、ちょうど額のところに丸に橘の家紋がくるよう、羽二重をあつらえました。それから、錣《しころ》が兜の前立てに見えるように、鯨《くじら》の髭を使って形をつけてさしあげました」

ひと月ばかり前のことであったという。ちなみに鯨の髭は、裃《かみしも》の肩の部分をぴんと張ったりするのに使われる。

「それでその客は、弥冨源七と名乗ったか、それとも奥村源七であったか？」

問う小五郎に、番頭は小首を傾《かし》げた。

「はて、違いますな。井伊源七さまと、おうかがいいたしました」

「井伊源七……」

はじめて聞く姓名に、小五郎は戸惑いを禁じえなかった。

「それで、その井伊源七の住まいはどこだか聞いているか。請求の書付は、どこに送ることになっている？」

「お住まいは、おそらくはこの先の、彦根藩邸の中ではないでしょうか。井伊さまのご一門か、ご重臣なのでしょうから」

番頭は住まいを聞いてはいないようだった。

「お代は前払いで頂戴いたしましたので、お住まいをうかがうのは、却《かえ》って失礼かと」

「助かった。邪魔をしたな」

番頭に礼を言い、小五郎は近江屋を去った。

麹町通りを隔《へだ》てて、住まいにしている善国寺谷の学問所はすぐ近くだった。

陽も暮れかけていた。小五郎はとりあえず学問所に戻ることにした。

「お留守の間にこれが」

恵流奈が町飛脚《まちびきやく》が届けてきたという書状を、手渡してくれた。

すぐに開いてみた。差出人は、小石川の光源院・尊念であった。

源七の心の病について、おぬし、つまり小五郎を理屈で満足させられるような対処法はないが、それでもぜひ一度、源七と会ってみたい。

連れてきてもらって向きあえば、活路を見いだせるかもしれない。

そうした意味のことが、簡略に記してあった。

年甲斐《としがい》もない生臭《なまぐさ》坊主ではあるが、見あげたものである。小五郎は、素直に感心した。

とはいえ、源七はふたりを殺め、ひとりを傷つけている。病は癒せたとしても、罪が消えるわけではなかった。

罪は償《つぐな》わなければならないが、弥冨源七は果たして、自分の所業を覚えているのだろうか。覚えていないとすれば、奥山源七ならば覚えているのか。

犯した罪を、病をやわらげたうえで、弥冨源七に納得させて、断罪する。それが道義としては正しいのだろうが、非情に過ぎるやりかたではあるまいか。

小五郎は考えあぐねていた。

柱に背もたれて思案する小五郎の肩に、

「小五郎先生」

恵流奈が羽織をかけてくれた。

六幕

どこか遠くで、明け烏《がらす》の声が聞こえた。

「おい、小五郎」

暁闇《ぎょうあん》をつんざくような大声で飛びこんできたのは、剛次郎だった。その後ろには市松もいた。

「見つけたぞ、源七を見つけた」

鬼の首をとってきたような顔で、剛次郎は誇《ほこ》った。

「おまえたち、まさか夜明かしで動いていたのか？」

「おお、そのまさかだ」

剛次郎の顔には疲労の色が濃く、額には脂汗《あぶらあせ》が浮いていたが、働き盛りらしい精気も感じられた。

「ですが、先生。町方は火盗の連中に、鼻を明かされました」

市松のほうは、声に元気がなかった。

「湯島の近辺で源七さんを見つけたのは、差口屋《さしぐちや》のひとりなんです」

差口とは密告のことだが、火盗改が使う手先を、差口屋という。町方で言えば、御用聞きだ。

「今回は町方と火盗改が、協力して探索にあたることにした。昨日の夕方、電光石火の早業で、俺が御先手の与力と談合したのだ」

その与力は、もとは町方与力で、不祥事《ふしょうじ》を起こしたため御先手組に流れたのち、火盗改の与力になったのだという。

「源七のやつは文句を言っていたが、町方をしくじると御先手に拾われるという慣例は、悪いことばかりではないのだ」

「おい、剛次郎、今回はおまえの働きを認めてやる。だから自慢話は早々に切りあげて、話を先に進めろ」

「寝ていないのだ、あんまり、がみがみ言うな」

顔をしかめながら、剛次郎は源七に行きついたまでの流れを語った。

勤めに出てこなくなった弥冨源七に対し、当然ながら火盗改の側でも、詮議《せんぎ》がはじめられていた。

それで差口屋が動員されていたのだが、そのうちのひとりが、湯島の学問所、すなわち聖堂前でうろうろしている、源七を発見した。

あとをつけると、湯島天神の境内を抜け、天神門前町にある仕舞屋《しもたや》の二階にあがっていったのだという。

「その仕舞屋は、いまは店じまいしているが、以前は陶器を商《あきな》っている店だった。その二階が貸家になっていて、源七はそこに潜伏《せんぷく》していたのだ」

火盗改の同心ひとりに差口屋がふたり。それに町方の同心がひとりに御用聞きがふたり。あわせて六人が、いまも油断なく仕舞屋を見張っているという。

「それはそうと、源七は湯島の聖堂になんの用だったのかな。まさか学問吟味での俺の甲種合格に、けちをつける証《あかし》でも、探しにいったのではあるまいな」

剛次郎は得意の貧乏揺すりをはじめた。

「なぁ、小五郎、もう十五年も前の話だ。いまさらほじくり返すネタなど、見つからんよな」

案じ顔の剛次郎に、小五郎は自身も案じ顔で応じた。

「心配するな、やつの狙いは俺だろう。どうもそんな気がする」

小五郎はいわば加役で麴町の学問教授所に入《い》り浸《びた》っているが、本来の職務は聖堂の儒者であった。

背中に冷たい汗が流れていた。

「聖堂の付近を徘徊《はいかい》していると聞いたときから、悪い予感がしている。三人目の源七は手ごわそうだ」

「さ、三人目！」

剛次郎と市松は異口同音に発して、目をむいた。

「三人目だ。御先手同心から火盗改に転じている弥富源七。生家を継いで勘定方の役人になっている奥山源七。それに井伊家の家臣で、先祖は井伊家と同族である井伊源七」

小五郎はふたりに、まずは奥山源七の成り立ちについて再度、言葉を尽くして、説明をした。

「よくわかります。実家が安泰で、家族がばらばらにならなければ、どんなにかよかったか……。そういう思いが、奥山源七という妄想を生んで、それが蕎麦屋で酒を飲んだときみたいに、ときおり現れるわけですよね」

市松は飲みこみのよいところを見せた。

「俺もわかっている。あのときの源七は、離魂病とかではなく、脳の中に飼っている妄想が、しゃべりだしたってことなのだろう」

剛次郎も十二分に理解したようだ。

「だがな、三人目の井伊源七の成り立ちは、私にもよくわからん」

ひとつため息をついて、小五郎は語り継いだ。

「生家の奥山家は、由緒をたどれば井伊の一族。源七の先祖自慢の思いと、実家が株を売って没落《ぼつらく》してしまった現状に対する鬱屈が、井伊源七を生みだした……というあたりが、精一杯の推量だ」

現《うつつ》を生きる弥冨源七の心の奥襞に、奥山源七と井伊源七という、ふたつの別の人格が生まれた。

「辻斬りの所業は、言うまでもなく井伊源七の仕業だ。井伊源七は短兵急《たんぺいきゅう》な正義漢《かん》で、身を持ち崩した御家人に、徳川家の先鋒として制裁を加えているのだ」

小五郎は、光源院・尊念の口から出たことを、ふたりに語った。

源七の母親は、役者崩れの若い男と駆け落ちをした。

一連の凶行のなかで最初に襲われたのは、御家人崩れの役者だった。

身を律して正しく生きるべき御家人が、あろうことか、憎き役者などに成りさがっている。

井伊源七にとって、とうてい許すことのできない相手だったのだろう。

二度目の犠牲者は、札差に雇われた元御家人の対談方。

かつて奥山家も、札差に追い借りを頼んで、対談方に峻拒《しゅんきょ》されていたのだろう。

憎むべき稼業である対談方に身を落とした御家人。幼いころの源七の記憶が同居する井伊源七としては、こちらも許すことができない人間だった。

「久住という付け馬も、借金の取り立て人だからな。源七にとっては、忌まわしい記憶をともなう唾棄すべき人物だ。それが御家人崩れともなれば、前のふたり同様に、憎さ百倍であったろう。それで三人目の的《まと》にしたのだが、あにはからんや……」

小五郎は天井を仰《あお》いで長嘆息した。

悪《あ》しき因縁《いんねん》が、源七の人生を取り巻いている。そんな予感が感じられてならなかったからだ。

「ひょっとすると、その久住ってのは、株を売って浪人になった源七さんの、実の親父さんだったんですかね。それで、最後にとどめを刺すのをためらったんじゃあ……」

市松もかなり勘が鋭かった。

「そ、そうなのか。そんな因縁めいた巡りあわせが、本当に起こるものなのか」

剛次郎が目をぱちくりさせる。

「いまのところは私の推量でしかないが、まず間違いはあるまい」

小五郎は重い息を吐いた。

「それにしても……」

剛次郎は首をぶるぶると振りはじめた。

「源七が三人もいてややこしいが、厄介だな。きわめて厄介だな」

全身で貧乏揺すりをしながら、話を続行した。

「ふたり目の奥山源七の所業は、いわば罪がない。蕎麦屋の娘を、姉と取り違えるぐらいだ。しかし三人目の井伊源七は、きわめて厄介だ。事は急を要する」

剛次郎は右の握り拳で、左の手のひらをぱんぱんと叩いた。

「ふたり目だろうが三人目だろうが、源七に違いはない。身体はひとつなのだからな。早急に追いこんで、捕縛してしまおう。手にあまるなら斬ってもよい」

廻り方を統括する立場に舞いあがっているのか、剛次郎は柄にもなく乱暴な言葉を口にした。

「私はこれから、ひとりで源七に会いにいく」

小五郎は静かな声音で告げた。

「馬鹿なことを言うな。弥冨源七や奥山源七ならばともかく、湯島の仕舞屋にいるときは、おそらく井伊源七だぞ」

「そうですよ。青瓢箪のうらなりでも、もう三人……じゃなくて、ふたりもやっているんです。殺しは場数と言いますからね。先生、命あっての物種ですよ」

剛次郎と市松が、口々に止めにかかってきた。

「剛次郎、小石川の尊念先生がな。私に申されるのだ」

「おお、あの色呆け坊主が、なんと言ってきた」

「成算はないが、自分ひとりで、源七と向きあってみる。だから、自分のところに連れてこいと」

「ほう」

剛次郎は目を見開いた。

「奇特な申し出だが、どういうつもりかな。まさか、岡場所を連れまわすつもりでもあるまいが」

「いいか、尊念先生は七十歳になる。それでも源七の話を聞いて、突貫《とつかん》でぶつかっていこうとなされている。三十の私が、なんで見過ごすことができようか」

柄にもなく見得《みえ》は切ったが、小五郎にもなんら成算はなかった。

七幕

目指す仕舞屋は、湯島天神の銅鳥居《どうとりい》の近くにあった。

麴町からの道すがら、小五郎は天地《あめつち》の間に木霊《こだま》する見えざる声に、耳を傾けようとした。

しかし、耳を吹き抜ける秋湿《あきじめ》りの風からは、なにも聞こえてこない。

参詣客《さんけいきゃく》でにぎわう参道から一本、脇道に逸《そ》れると、剛次郎と市松が数人の手先を連れて集まってきた。

「やつは昨夜から、ずっと部屋にいるそうだ」

剛次郎は周囲を見まわした。

「町方と火盗改、合わせて十余人の人数で取り囲んでいる。危ないと思ったら、すぐに大声をあげて逃げてこい」

「そんなことより、俺が戻るまで、くれぐれも押しこんできたりするな」

唇をひん曲げて、剛次郎はうなずいた。

小五郎は、黒羽二重の無紋の小袖に、黒繻子《くろじゅす》の袴という、いつものいでたちだった。身に寸鉄《すんてつ》も帯びず、白扇子《しろせんす》を差している。

手には、大急ぎで門前町の印判屋に作らせた名札を握っていた。

仕舞屋の土間に入ると、丁場で老婆《ろうば》がうたた寝をしていた。

小五郎はその老婆に名札を渡し、二階の間借り人を訪ねてきた旨《むね》を告げた。


源七は書見をしていた。『異本《いほん》・戦国太平記《せんごくたいへいき》』と、その題名が遠目に見てとれる読本だった。

織田信長や豊臣秀吉《ひでよし》の時代に、先祖の井伊直政《なおまさ》が徳川家の先鋒として活躍した場面でも、出てくるのであろうか。

「彦根藩士・木俣才五郎《きまたさいごろう》殿でござるか」

源七が名札に落としていた目をあげた。

瞳の色が濃く、目元に翳《かげ》りがあった。いまのいまの源七は、井伊源七として生きていることが見てとれた。

また想定していたことではあるが、小五郎の顔を見知っている風ではなかった。

「さよう。国許《くにもと》から出府《しゅつぷ》してきたばかりでござる。源七殿の噂を聞き、その気概に触れたいと思って、お訪ねした」

嘘《うそ》も方便《ほうべん》。源七の口から雄弁《ゆうべん》に多くのことを語らせるため、木俣という彦根藩重臣の姓を借りることにした。

ふたこと、三言、時候の挨拶など交わしたあと、

「ところで源七殿は、弥冨源七という男をご存じですかな」

小五郎は切りだしてみた。

「さて、拙者と同じ下の名ですな。どこかで聞いた覚えはあるが……」

源七は首をひねった。

「ならば、奥山源七殿は？」

「ああ、奥山殿なら、よく知っています。勘定所の役人で、わたしの家と同じく、遠祖《えんそ》は井伊の一族です」

それでわかった。井伊源七は、源七が奥山源七でいるときに、あらたに生みだされた人格なのだ。

やるせない思いに駆られた。

尊念は、もし井伊家から招聘《しょうへい》があれば、と口にしていたが、そんな望外《ぼうがい》な出来

しまっていた。
事が現の世界で起こるはずもなく、井伊源七は、源七の妄想の世界で動きだして
「奥山殿とは、しばしば会って話をします。この江戸には嘆《なげ》かわしい人物ばかり
おると、互いに酒を飲みながら憤慨しているのです」
源七の瞳の色が、いよいよ濃くなってきた。
酒の力を借りなくても、悲憤慷慨してある種の酔いが全身にめぐる人物はいる。
熱烈な正義漢に多い。たとえば、この井伊源七のような……。
「幕臣である御家人として栄《は》えある生を受けながら、堕落して身を持ち崩す手合
いが、どれだけこの江戸に多いことか」
源七は拳を握りしめた。
「御家人の零落《れいらく》と堕落はたしかに、公儀の威信を揺るがす一大事ですが、あなた
も私も彦根藩士。力の及ばないところでありましょう」
小五郎は源七を、軽く揺さぶってみた。
果然として、源七の拳がぶるぶると震えた。
「それは違います。彦根藩は徳川軍の先鋒を務める家柄。彦根藩士は、幕臣と同
格なのです」

井伊源七は本気でそう思っているようだった。

「それならば、目にあまる堕落御家人がいたら、源七殿は制裁を加えますか？」

「当然でござる。それが彦根藩の役目。はばかりながら、拙者の家は藩主家の一門。一番槍は、この井伊源七の務めでござる」

とくに気負うわけでもなく、源七は淡々とそう口にした。

「ああ、そうそう」

源七の目が、ふと虚空をさまよった。

「思いだしました。奥山源七殿の隣家に、ひどく気の毒な御家人の一家がいたそうです。その家の倅殿が、いまは養子入りして、弥冨を名乗っていると聞きました」

奥山源七は、生家に現に起きた悲劇を、隣家に起きたことと、すり替えて記憶しているようだった。

「奥山源七殿を通じて、隣家に起きた諸々のことを聞きました。役者に入れこんで子を捨てた御家人の妻。貧しい御家人を追いこむ、札差の対談方や借金取り」

源七は次第に激してきた。

「あろうことか、近頃の江戸では、由緒ある御家人の家に生まれながら、役者になったり、借金取りに手を染める者がいる。わたしは、それらの者をとうてい許すことができません。それはそうと……」

井伊源七の双眼《そうがん》が鈍く光った。

「これも奥山殿から聞いたのですが、湯島聖堂の儒者である伊能小五郎というのは、とんでもない男らしい。不正・腐敗《ふはい》を見逃《みのが》すのが世渡りの道だと、平気で口にする破廉恥漢だそうです」

「そうですか。それであなたは、湯島聖堂に出張ってみたわけですか」

背筋のあたりが、またひんやりとしてきた。

「よくご存じですな。そうなのです、しかし彼奴《きやつ》めは聖堂に姿を見せない。危険を察知して、逐電《ちくてん》したようなのです」

いかにも無念そうに、井伊源七は歯嚙《はが》みした。

小五郎は覚悟を決めた。この男を、これ以上、一日たりとも野放しにはできない。決着をつけるべきだと。

「伊能小五郎ならば、私もよく知っています」

そう告げると、井伊源七の目がぬらりと光った。

「麴町・善国寺谷にある公儀学問所で、一日、書見をして過ごしていると聞いています。これからご案内いたしましょうか」

「か、かたじけない。けれど、いますぐには」

いとも口惜しそうに、井伊源七は唇を噛んだ。

「亡父の形見である先祖伝来の脇差なのですが、早くも刃こぼれしてしまい、研《と》ぎに出しているのです。仕上がるのは夕方。形見の大刀はないので、明日まで待っていただきたい」

大刀のほうは、父親がとうに小石川界隈の質屋に入れてしまったのだろう。

「そうですか、それならば……」

少し思案をして、小五郎は口を開いた。

「明日の朝一番でお待ちしているように、私から伊能小五郎に伝えましょう。どうせ一日、書見して過ごしている男です。なんの障《さわ》りもありますまい」

「そうですか、それは痛み入る。麴町の善国寺谷ですな」

井伊源七はきちんと両手を膝にあてて、一礼した。

「それではこれで」

索漠《さくばく》たる思いを胸に、小五郎は仕舞屋を辞去した。

湯島天神の銅門の前で、しばしたたずんでいると、剛次郎と市松が駆け寄ってきた。

「どうであった、首尾《しゅび》は？」

剛次郎が急きこんで聞く。

小五郎は、井伊源七と交わしたほとんどすべての言葉を、ふたりに伝えた。

「まさか、いつもの囲炉裏端で、源七を追いこむつもりか。俺にとっても恰好の休息所であるあの場所で、捕り方に源七を絡《から》めとらせるつもりか」

聞き終えた剛次郎は、あわてふためいた。

「とんちんかんなことを言うな。学問所の中だぞ。捕り方は、一名も中に入れさせん。私が差しで決着をつける」

小五郎が決意を告げると、

「差しで決着をつけるなどと世迷言を言いおって、どっちが、とんちんかんだ。いきなり赤鞘の脇差で斬りつけられたら、どうするつもりだ」

剛次郎は本気で怒りだした。

「旦那、声が」

市松は唇に指をあてた。湯島天神の参詣客が、ちらちらこっちを見ている。

「いいか三人、いやふたり、殺めているのだぞ」

剛次郎が小五郎の袖を引いて、銅門の柱脇に寄せた。

「誰がなんと言おうと、無罪放免にはできん。火盗改の連中は、即刻《そっこく》、斬ると息巻いている。やつらは町方よりも気が荒いからな」

くぐもった声で、剛次郎は漏らした。

「俺もやむをえないと思っている。火盗改の任に就いている御先手同心が、辻斬りを繰り返すなど、前代未聞の不祥事だ」

小五郎がそっぽうを向いているので、剛次郎の声がまた大きくなった。

「おまえが解き明かした『三人の源七』などという絵解きは、複雑すぎる。公儀の威信を保つためにも、火盗改の連中に、辻斬りとして、すぱっと処分させたほうがいい」

剛次郎は右手を伸ばして、小五郎の肩に置いた。

「あとの始末のつけ方や世間への公表の仕方は、我らより上の、お奉行やらお目付やらが、考えるだろう」

「いいか、剛次郎」

小五郎は半身をひねって、剛次郎の手を外した。

「源七がふたり殺めたことは、とっくに承知だ。弥富源七として、罪を償わなければならないこともな。だからといって、有無《うむ》を言わさず斬らせるわけにはいかん」

「それは事態を源七に聞かせて理解させ、納得させて、そのうえで腹を切らせるべきだという意味か」

剛次郎も見た目ほど愚《おろ》かではない。その口から出てきたことは、小五郎がぼんやりと考えていたことと、大同小異だった。

「よいか、小五郎。なにも知らさないで、そのままあの世に送ったほうが、功徳ということもあるのだぞ。知ったら苦しむばかりで、心静かに自決などは、とうていできまい」

小五郎は反駁《はんばく》できなかった。まったく同じことを、小五郎も考えていたからだった。

「なぁ、剛次郎。もう一度だけ、源七と言葉を交わさせてくれ。いつものように、単に『興味深い』だけではないのだ」

八幕

麴町・善国寺谷に帰りついたのは、夕刻近くだった。

「小五郎先生、昼過ぎにまた町飛脚が」

恵流奈に手渡された書状は、光源院・尊念からの第二信だった。

源七のことが、どうにも気になる。自分の無手勝流《むてかつりゅう》が通用するか確証はないが、年の功ということもある。今回はぜひとも拙僧に任せてもらいたい。

枯淡《こたん》な筆使いで、そう記されていた。

この学頭の役宅には、恵流奈のほかに数人の弟子が寄宿していた。

いずれも町人身分の者たちで、小五郎の自由闊達《かったつ》な学風を慕《した》って集まってきていた。

「恵流奈。内弟子たちを連れて、すぐに神保小路《じんぼうこうじ》に行ってくれ。遠山さまのところで、二、三日、泊めてもらうのだ」

芝・愛宕下《あたごした》の神保小路には、遠山左衛門尉の屋敷がある。

「遠山さまは、普段は北町奉行所の役宅にいるので、部屋はあまっているはずだ。

一刻も早く出向いてくれ」

遠山屋敷は恵流奈にとって、実家のような場所である。長崎から奉行の父・景晋に連れられて江戸に出てきた恵流奈は、少女時代を遠山屋敷で過ごした。

「小五郎先生、いったい全体、どういう仕儀なのです」

恵流奈が眉をつりあげるので、やむなく小五郎は事態をかいつまんで話した。

聞き終えた恵流奈は、眉をさらにつりあげた。

「酔狂《すいきょう》すぎませんか。いくら幼馴染みでも、正気を失って辻斬りに変身する人と、差しで向きあうなど」

「いかにも酔狂だが、あいにく私には、とても興味深いのだ。酔狂な道楽には金がかかるという。私には金がないから、身体を張るしかないのだ」

我ながら、筋のこんがらがった下手な弁明だとは思ったが、ここは我《が》を通すしかなかった。

「先生は〝なんとかは金と力はなかりけり〟のお人なのですよ。わかっていらっしゃいますか」

「そうだな、いざとなれば、剛次郎が駆けつけてくるかもしれないが、あの男も剣術の腕前はご愛敬ほどでしかない」

恵流奈は、射るような眼光で睨んできた。

「わたくしは、絶対に先生のおそばを離れません」

恵流奈は懐に手をやって、長崎丸山《まるやま》の遊女だった母・音葉《おとは》の形見である、懐剣《かいけん》を握りしめた。

二十歳を過ぎた娘を、襟首をつまみあげて戸外に放りだすわけにもいかない。井伊源七も、さすがに女子《おなご》には手を出さないだろう。もともと、狙うのは自堕落な御家人崩れだけで、自分もその範疇《はんちゅう》のなかで的にされているのだ。

結局、その夜はふたりで、語りあって過ごした。

稲佐山《いなさやま》から眺《なが》める長崎の町。

平戸《ひらど》まで足を伸ばして眺めた九十九島《くじゅうくしま》の絶景。

恵流奈の父親である、ヤン・ファンデンベルグの思い出。

学問のこと。蘭語のこと。医術のこと。

和蘭の西北に浮かび、エンゲルスという言葉を話す、世界に覇権《はけん》を広げる島国のこと。

倦《う》むことなく語りあうふたりは、秘蔵のモーゼルヴァインを飲み、やがて柱を背もたれにして、眠った。

翌朝、柳屋のお時が、朝飯の差し入れにきてくれた。またもや加薬飯で、具の構成が少し変わり、やはり芳醇《ほうじゅん》な味がした。

瞑目しながら、ずっと待った。

ひたすら待ったが、待ち人は訪れてこない。近場にある市ヶ谷八幡の時の鐘《かね》は、とうとう正午を告げて鳴った。

予感とも疑念ともつかないものが、小五郎の胸にわだかまりはじめた。

さらに半刻《はんとき》ほど過ぎると、居ても立ってもいられなくなった。

「天神下まで行ってくる。その間に、もし井伊源七が訪ねてきたら、私は小半刻もせずに戻ってくると伝えてくれ。そして、おまえはやはり遠山さまの屋敷に向かうのだ。よいな」

恵流奈に強く念を押して、小五郎は学問教授所を出た。

麴町通りを渡り、平河天神の杜《もり》が見えてくると、前からとぼとぼと歩いてくるふたり連れが、もやもやとした陽炎《かげろう》のなかに浮かびあがった。

その刹那《せつな》、小五郎には起きてしまったすべてのことを、手に取るように察知することができた。

「小五郎か」

剛次郎は気弱そうな目で、こちらを見た。

「おまえ、光源院からの帰りだな。源七は自決したのだな」

射すくめるような強い目線を向けると、剛次郎はひどくうろたえた。

「す、すまない。尊念先生のお指図を受けてな。今朝早く井伊源七、ではなく弥冨源七を、先生の庫裏に連れていった。起き抜けの源七は、井伊ではなく弥冨だった。それで、素直に我らに従った」

「いかさまを言うな」

小五郎は気色ばんだ。

「先生からの指図などではあるまい。あくまでおまえの判断で、源七を私のところではなく、尊念先生のところに連れていったのだろう」

憤《いきどお》りで舌が震えた。

「それで先生に、源七の身柄を託した。庫裏を大勢の人数で囲み、しばらく様子を見て埒《らち》が明かないと見たら、いっせいに斬りこむつもりだったのだろう」

「違う、本当に違うのだ」

剛次郎は泣きそうな顔をして反駁した。

「おまえはいちばんの友達だが、尊念先生は我らの学問の師だ。師の意向をより優先するのが、弟子の道であろう」

必死の面持ちで、剛次郎は弁解を続けた。

「それにな、尊念先生はずっとおまえや源七のことを、案じておられたのだ。それで弟子の小坊主を、昨日の夕方、北の御番所まで遣《つか》わされた」

しどろもどろに言いわけをしているが、どうやら嘘ではないようだった。

とはいえ、小五郎はまだ納得できない思いでいた。

「先生、旦那、とにかく、あっしの家に入りましょう」

市松は左右の手を伸ばして、小五郎と剛次郎の腰を押した。

柳屋の内所に腰をおろすと、剛次郎はすぐに懐に手をやった。

「これは、尊念先生に書いてもらった書付だ。後日への証、というより、俺からおまえへの言いわけのためにな」

結び文になっているその書付を開くと、読み慣れた尊念の筆跡であった。

よくよく考えて思うに、源七に引導を渡すのは、学問の師、というよりは老い先短い拙僧の仕事である。

仔細《しさい》はあえて省《はぶ》くが、源七は弥冨源七として、潔《いさぎよ》く自決した。煩悩《ぼんのう》も無念もあったろうが、心静かに逝《い》った。いまは、冥福《めいふく》を祈るばかりである。

「さすがは、尊念先生だな。どういう言葉で説得をしたのかはわからんが、無責任な言辞《げんじ》を弄《ろう》したわけではあるまい。おい、そうだよな」

剛次郎は市松に相槌《あいづち》を求めた。

「そうですよ。源七さんだって、火盗改の連中に膾《なます》にされるより、師である和尚《おしょう》さんに導かれて死出《しで》の道行きをするほうが、はるかにましですよ」

市松もしんみりと言葉を添えた。

「そうだな……」

尊念はなんと告げて、源七を見送ったのか。種々の物言いが小五郎の脳裏をめぐっていたが、言霊《ことだま》として強いのは、簡略な言い方。あるいは、多言を用《もち》いないことかもしれない。

「どうした、小五郎。俺への疑いは解けたのか」

不安そうな剛次郎に、小五郎は笑みを向けた。

「剛次郎、おまえは幸せなやつだ。運もすこぶるいい」

「いきなりなんだ……そうか、俺はやっぱり幸せかな。廻り方の加役もついたしな」

剛次郎は相好《そうごう》を崩して、ぬはは、と笑った。

「そういうことではない。いい妻女にあたったということだ。男はな、よき妻女に恵まれず家庭が安穏《あんのん》でないと、こんなはずではない、こうなっていればよかったと、妄想に駆られるのだ」

そのあげくに……という次の文句を、小五郎は飲みこんだ。

「そうか、小五郎、おまえも嫁が欲しくなったか。おまえもしょせん、人の子だのう」

扇子を開いて盛大に扇《あお》ぎながら、剛次郎はすこぶる上機嫌になった。

「俺の後輩与力の妹とか、先輩与力の娘さんとかな。おまえと年恰好が合いそうな相手なら幾人もいる」

剛次郎は指を折りながら、続けた。

「近々、向島《むこうじま》まで足を伸ばし、百花園《ひゃっかえん》に秋の七草《ななくさ》でも見にいくか。そこで、さりげなく引きあわせる、撫子《なでしこ》の花と見まがうような娘と、出会えるかもしれんぞ」

ひとりで大はしゃぎだった。

「旦那、先生には恵流奈さんがいるんですぜ」

市松が釘《くぎ》をさすと、

「そうであった」

剛次郎は自分のおでこを、ぴしゃりと叩いた。

「どうでしょうか」

お時が店先から声をかけてきた。

「皆さん、お昼はまだなのでしょう。精進揚《しょうじんあ》げでも揚げて、いつもの加薬飯と一緒にいかがです」

「おお、そのひとことを待ちかねていた。では恵流奈さんも呼んで、小五郎とのことなど、ゆっくり聞きながら昼飯にしようではないか」

剛次郎はひたすらはしゃいでいるが、源七の亡骸《なきがら》の引き取りについては、抜かりなく内輪である町方と火盗改の双方に、了解を得ようとしているに違いない。

弥冨家に菩提寺があるかどうかは知らないが、亡骸は奥山家の菩提寺である光源院に葬《ほうむ》ろう。

そして、これから昼飯を一緒に食う五人に、剛次郎の妻女、それに師の尊念も入れて、ささやかに葬儀を営《いとな》もう。

それから実父であると思われる久住左門にも、真偽《しんぎ》を確かめたうえで、やはり声をかけるべきであろう。

小五郎は、そう思いを決していた。

第四話　江戸城の女狐《めぎつね》

一幕

いつもは八丁堀の伊達《だて》与力を気取っている深津剛次郎の顔が、蒼《あお》ざめていた。囲炉裏《いろり》の前で向かいあうと、額に皺《しわ》を寄せ、唇をへの字に曲げてため息をついている。

「どうした、進退窮《しんたいきわ》まったという面相だな」

軽く揶揄《やゆ》してやった小五郎に、

「極まりつつある。かといって、俺がなにかへまをやらかしたわけではないのだ。これほどの理不尽があろうか」

剛次郎はすがる目を向けてきた。

「つい昨日のことだ。柳営《りゅうえい》においてだな」

ひと口、茶をすすった剛次郎が、ぶすっと口を開いた。

柳営とは将軍の陣営のことで、江戸城本丸のことを気取ってこういう言いまわしをする。

「昨日は月に三度ある月次《つきなみ》の登《と》城日《じょうび》で、在府の大名は残らず登城していたわけなのだが」

重苦しい口調で、剛次郎は続けた。

「白書院における将軍・家慶公《いえよしこう》の諸大名への謁見《えっけん》は、つつがなく終了した」

「剛次郎、話の枕が長いぞ」

小五郎が顎《あご》をしゃくった。

「それほどの大事件が出来《しゅったい》したと思え。いいか、よく聞け。江戸城松の廊下において だな、鎮西藩《ちんぜいはん》・長尾《ながお》家《け》の世子《せいし》である彦之助《ひこのすけ》が、出羽《でわ》・羽黒藩《はぐろはん》の世子である佐野式部《さのしきぶ》に刃傷《にんじょう》に及んだのだ」

一座の視線が、剛次郎の口元に集まった。

「佐野式部はまだ十六歳だが、背中をばっくりと割られて、重体だ」

「ほう、松の廊下で刃傷か」

興《きょう》を引かれたのか、小五郎は右眉《みぎまゆ》をわずかにあげて、つぶやいた。

「三度目だな、あの長い廊下で、大名が刃を振るったのは」

一度目は言うまでもない。元禄《げんろく》のころの浅野内匠頭《あさのたくみのかみ》による、吉良上野介《きらこうずけのすけ》への刃傷。

二度目は八代将軍吉宗《よしむね》が活躍した享保《きょうほう》年間に、乱心した松本藩主《まつもとはんしゅ》・水野忠恒《ただつね》が長府藩《ちょうふはん》の世子であった毛利師就《もうりもろなり》に斬《き》りつけている。

「羽黒藩の世子さまは、まだ十六歳ですか。お気の毒に……」

恵流奈は切れ長の目を伏せた。

「佐野式部は生死をさまようような深手らしい。世子といってもまだ半分子どものようなものだし、それにもとから丈夫ではなかったようだ。あれでは、藩主になるのは無理かもしれんな」

気の毒そうな口ぶりで、剛次郎はそんな推測をした。

大名家を継ぐ者は、五体満足であるだけでなく壮健《そうけん》であることが望ましい。武家社会には、そういう建前があった。

「大名の世子同士の争いか。なにかの遺恨《いこん》ですかね」

市松が腕を組んで思案しながら、口を入れた。

「わからん。斬りかかった側の、単なる乱心かもしれんしな。それから正確に言うと、世子と、元世子だ。長尾彦之助のほうは、二年前に世子の座を弟に譲《ゆず》った形になっている」

　いわくありげに、剛次郎はみずからの言葉を修正した。

「我々の使命は、事件の動機や背景を解き明かすことだ。命がけでことにあたれと、俺は遠山さまに厳命された。がんばるしかないぞ、小五郎」

　剛次郎は小五郎に、熱っぽく語りかけた。

「我々？　ではあるまい。それは与力である剛次郎、おまえの使命だ」

　小五郎が常《つね》の顔つきで突き放すと、

「なにをいうか。これは遠山さま、いや、じつを申せば、その上のご老中や、そのまた上の将軍家からおまえへの、お声掛かりなのだぞ」

　声を張りあげる剛次郎に、

「作り話をするな。これはあくまで、おまえだけの使命だ」

　小五郎は再度、にべもなく突き放した。

「だが、つらつら思うに……」

　再三、突き放しはしたが、小五郎は思案した。

「喧嘩《けんか》両成敗。よって両家とも断絶。斬りつけた長尾彦之助とやらは、もちろん切腹……将軍家慶公は、そういう台慮《たいりょ》なのだろうな」

小五郎は、将軍家慶が断をくだした場に、居合わせたような口ぶりである。

ちなみに将軍の考えや気持ちのことを、台慮と言う。

「そうした断固たる処置を、すぐさま将軍家の耳に吹きこんだのは、老中の水野忠邦だろう。それに南町の、あの妖怪」

茶をひとすすりして、小五郎はなおも語った。

「とはいえ将軍・家慶公はもともと温容な人物で、言ってみれば優柔不断《ゆうじゆうふだん》だ。水野忠邦に突きあげられて即断することを、内心で危《あや》ぶまれている。それで正式な裁断をくだす前に、穏健派《おんけんは》の老中である土井《どい》さまに、真相の解明を命じられたのだろう」

小五郎の見てきたような推量は続いた。

「土井さまはさっそく、北の遠山奉行に解明のための探索を命じた。遠山奉行はただちに、その件をおまえに振った。それでおまえは、すぐさまここにすっ飛んできたわけだ」

決めつけられて、剛次郎はこくっと首を垂れた。

「なるほど、うちの先生は、曾孫《ひまご》請けだか玄孫《やしやご》請けだか、ですね」

なにがおかしいのか、市松は、ひっひっと歯の隙間《すきま》からこぼれるような声で笑った。

「どうせ、両老中の意見は割れる。将軍がどっちの意見を採択するか、見ものだな」

小五郎は薄く笑った。

「他人事《ひとごと》のように言ってないで、頼むぞ。おまえに見捨てられたら、俺は本当に進退窮《しんたいきわ》まってしまうのだ」

いつもながらの泣き落としの術だが、剛次郎は小五郎の膝《ひざ》にすがりついて、くいくいと押してきた。


将軍家慶から発せられ、老中・土井大炊頭《おおいのかみ》を経《へ》ておりてきた下命《かめい》は、当然ながらひどく重々しく北町奉行所では扱われているようだった。

「これはどう考えても、俺の手にあまる」

ぺこっと一瞬だけ頭をさげた剛次郎は、いまの段階で知りえている事柄を並べはじめた。

長尾彦之助の鎮西藩と、佐野式部の羽黒藩の間には、なんの接点も見あたらないのだという。

鎮西藩は西国にある外様《とざま》の小藩で、江戸城での詰間《つめのま》は柳間《やなぎのま》。羽黒藩は譜代で、領国は奥羽《おうう》であり、詰間は帝鑑間《ていかんのま》。

両家の間には、嫁取りなどの縁戚《えんせき》関係もなく、彦之助と式部の間にも、個人的なつながりらしいものは、なにもないという。

「彦之助は、かつては世子として何年もの間、登城していた。ごく普通の若者であったというのが、江戸城の茶坊主どもの評判らしい。それが、どうしてまたにわかに乱心して、あかの他人に斬りつけたか」

剛次郎は腕を組んで、首をひねった。

つまり手掛かりらしいものは、なにもないということらしい。

「北の面目《めんもく》がかかっておるのだ。それに、あの聡明《そうめい》な将軍さまだ。かかる難題を解く役まわりは、つまるところおまえにお鉢《はち》がまわると、端《はな》から察せられていたのだ。俺が将軍さまのお声掛かりと言ったのは、そういう意味だ」

剛次郎は必死の形相《ぎょうそう》である。

「進退窮まったというわりには、よく口がまわるな。それから私は、大御所さまからはご恩を受けたが、ご子息である将軍とは面識がないぞ」

小五郎は鼻白むように笑った。

「じつはまだ、おまえたちに話していなかったのだが……」

剛次郎はもじもじと、耳の後ろを掻《か》いた。

「就《つ》いたばかりの廻り方統括の加役だが、三日前に外された」

「へえっ？」

市松が露骨に仰天《ぎょうてん》した。

「俺はなにもヘマはしておらん。この前の弥冨源七の件だって、小五郎と火盗改の連中をたくみに操《あやつ》り、尊念和尚《おしょう》の出番まで作って、一件落着にこぎつけたのは、この俺の手腕だ」

我田引水《がでんいんすい》、手前味噌《みそ》で、剛次郎は自画自賛した。

「だがな、遠山さまが申されるには、やはり吟味方との兼任はきつかろう。おぬし……とは俺のことだが……はこれまでどおりに、小五郎とのつなぎだけ、加役としてやってくれればいい……と、申されるのだ」

剛次郎は、悔《くや》しいような、ほっとしたような、なんとも言えぬ顔をしている。

「前にも言っただろう。私は遠山さまに、いいように踊らされたりはしないぞ」

ぶすっと告げた小五郎だが、

「とはいえ、興味深い。じつに興味深い」

白晳《はくせき》の頰《ほお》に赤みが差していた。

「剛次郎、柳営とやらに、すぐに出向くぞ」

二幕

旧暦九月十日の昼下がりであった。

麴町から江戸城までの道すがら、剛次郎は小五郎と市松に、この一件にかかわるいくつかのことを補足《ほそく》した。

「加害者である長尾彦之助の鎮西藩は外様大名で、一万石の小藩だ」

まず剛次郎がそう告げると、

「鎮西藩などと名前だけはたいそうだが、たった一万石ぽっちですかい。一石でも減れば旗本に落ちる、角番《かどばん》大名ですね」

茶々を入れてくる市松は無視して、剛次郎は言葉をつないだ。

「彦之助は二十八になる。二年前までは世子だったが、廃嫡《はいちゃく》されたのだ」

「そのことは聞いた。廃嫡の理由を言え」

小五郎の問いかけに、

「それはまだ、はっきりせん。ただそのあたりのことは、お奉行が調べて、追って知らせてくれるとのことだ。ともかく、いまは弟が世子となっている」

剛次郎はきまり悪そうに応じた。

「おまえは下調べもなにもせずに、麴町まですっ飛んできたのか。その軽率さ、北の切れ者与力が聞いて呆《あき》れるな。それから、ここは肝心なことだが、その彦之助というのは世子でもないのに、どうして月次登城をしていたのだ」

月次や式日に登城するのは、藩主と世子だけである。

「それから、乱心した彦之助は、どうなったのだ。まだ生きているのだろうな。城に留め置かれているのか？」

「そ、そのあたりも、おっつけ遠山さまが……」

言いよどむ剛次郎に、小五郎はひとつため息をついた。

「せめてそのくらいは、事前に調べたうえで私のところに来るべきだろう。これからおまえのことは、深津剛次郎ではなく迂闊後手次郎《うかつごてじろう》と呼ぶことにする」

小五郎の悪口雑言《あっこうぞうごん》を、剛次郎は歯を食いしばって耐えている。

「それで、斬殺《ざんさつ》されかけた式部とかいう男のことは、どうなのだ？」

剛次郎の心情などいささかも斟酌《しんしゃく》せずに、小五郎は問い重ねた。

「羽黒藩は五万石の、譜代の歴々だ。なにしろ、帝鑑間詰めだからな。それ以上のことは知らん」

剛次郎は自棄《やけ》になったように開き直った。

ちなみに帝鑑間は、譜代名門の大名が詰める席である。

大名の家格は、伺候席《しこうせき》、つまり江戸城における居場所によって決まる。

「彦之助の鎮西藩は柳間。外様の吹けば飛ぶような小大名がたむろっている部屋だったな」

小五郎は、ぼつりとそうつぶやいた。

そうこうしているうちに、江戸城の甍《いらか》の波が間近に迫ってきた。

三人はいきなり江戸城に入ったりはせず、大名小路にある老中・土井大炊頭利位《としつら》の屋敷にまず立ち寄った。

そこで、剛次郎の知人であるという老中の用人に、事件の現場を視察したいと申し出ることになった。

「まったく面倒だな。俺が江戸城に入るのに、なにか不都合があるのか？」

白皙の顔をしかめる小五郎に、

「柳営に足を踏み入れるというのは、生半可《なまはんか》なことじゃない。天神下の柳屋にあがりこむのとは、わけが違うぞ」

剛次郎がにこりともせずに返すと、市松が、ひっひっと笑った。

「おまえは一応、聖堂の儒者ということになっているので、登城の資格はある。だがな、いつでも好きなときに登城できるわけではない」

戦《いくさ》のない太平の世に、武士たちは煩瑣《はんさ》なしきたりや礼法のなかで、雁字搦《がんじがら》めとなり、息をひそめて生きている。

登城日以外の日に勝手に登城すると、不時《ふじ》登城、あるいは押しかけ登城といって、厳しい処罰がくだる。

「それに俺は、旗本ではなく御家人だ。しかも、八丁堀の不浄役人《ふじょうやくにん》だからな。もとから江戸城にのぼるのは、無理なのだ。市松などは論外だしな」

剛次郎は自嘲《じちょう》するように言った。

だからこそ老中の用人に、融通《ゆうずう》を利かせてもらおうということだった。

土井家の屋敷は、日比谷御門《ひびやごもん》のすぐ近くにあった。

「おお、貴公が学門教授所で評判の鬼才《きさい》か。なんでも、孤高《ここう》の伊能と呼ばれているらしいな」

土井屋敷の用人は、小五郎の風評を耳にしていた。

「もともと我が殿から、北町の遠山殿に依頼した案件でござる。なんとか算段をいたしましょう」

土井老中とは懇意《こんい》である本多太郎左衛門《ほんだたろうざえもん》という目付《めつけ》が、昨夕《さくせき》から一件の監察にあたっているという。

その太郎左衛門の同僚という形で、三人は堂々と大手門から、江戸城に入城することになった。


用人の、衣装その他の手配は、迅速《じんそく》かつ的確であった。

裃《かみしも》を身に着け、幕臣らしい容儀を整えた一行は、小半刻《こはんとき》後にはもう大手門前で、本多太郎左衛門と合流することができた。

「貴公が蘭学好きだという、学問所の教授殿か」

初体面の挨拶《あいさつ》もそこそこに、太郎左衛門はしげしげと、小五郎の顔を見つめてきた。

土井家の用人と同様、小五郎の名を以前から耳にしていたらしい。孤高の蘭学教授の評判は、江戸の武家社会で思いのほか広まっているようだ。

「林大學頭殿が貴公のことを、とにかく横柄《おうへい》でぶしつけ、おまけに不調法だと鼻白んでおられたが、なるほど、人を人とは思わぬ面構《つらがま》えじゃな」

見つめ終わった太郎左衛門は、にかっと笑った。

柳営は、四周を堀に囲まれた高石垣の上に、一万坪の御殿が建っている。

それ自体が巨大な建物である御玄関を入って左に進むと、すぐに大広間があり、その先、右手に広い中庭が見えてきた。

小五郎は、事件の起きた現場のおおよその位置関係を頭に入れた。

中庭をはさんで西側に、事件のあった松の廊下が南北に続いて、東側が凶刃《きょうじん》を振るった長尾彦之助の鎮西藩が詰める柳間であった。

将軍が月次登城をしてきた諸侯を謁見するのは、白書院においてである。松の廊下は、その白書院と御玄関・大広間を結ぶ廊下なのである。

ちなみに帝鑑間は、白書院の下段に連なる部屋であった。

「つまり昨日、帝鑑間に詰めていた羽黒藩の世子・佐野式部は、すぐ隣にある白書院で、家慶公の謁見を受けた」

小五郎はこれまでに見たこと、聞いたことを手早く整理して、太郎左衛門に確認しておこうと思った。

「その後、御玄関から退出しようと、松の廊下を渡っている最中に、中庭をはさんで向かい側の、柳間を詰間とする鎮西藩の元世子に斬りつけられ、重傷を負った……そういう顚末《てんまつ》ですな」

「いかにも、さようじゃ」

太郎左衛門は五十前後で、目付という厳《いか》めしい役柄に似ず温和な人物だった。

「とは申せ、登城資格のない彦之助が、どうやって本丸まであがりこんだのか。また、あがりこんで柳間に詰めていたのか、それとも最初から、松の廊下あたりをうろうろしておったのか……そのあたりが、さっぱりわからんのじゃ」

太郎左衛門は、ふぅ〜、とひとつため息をついた。

「なにせ昨日は、月次登城の日であったからな」

およそ二百七十家ある大名・諸侯のうち、参勤交代で江戸にいる半数のほかに、役持ちの旗本も大挙してやってくるので、松の廊下は大変な人だかりになるというわけだった。

「かの人物は、ついこの間まで、世子として江戸城に出入りしていた。松の廊下のあたりでも、その姿が見かけられていたわけじゃ。なので当日の大名諸侯や幕臣たちは、彦之助の顔を見ても、とくに奇異には感じなかったのだろう」

太郎左衛門は、頬に苦い笑みを浮かべた。

「一万石ぽっちの極小藩の世子が変わろうが、変わるまいが、誰も気にとめてはおらんからな」

「鎮西藩の掛かりである表坊主は、なにか申しておりましたか？」

剛次郎が、しかつめらしい顔をして問いを入れた。

表坊主は、柳営で諸大名や役人の給仕役をする。

頭を丸めて御殿の中をちょこまかと動きまわっているが、歴《れっき》とした御家人であった。

江戸城中に三百人いるというこの表坊主たちが、それぞれ担当の藩の殿さまやお世子さまを、御玄関から詰間に誘導したり、湯茶の世話をしたりする。

「盆阿弥《ぼんあみ》というのが、鎮西藩の掛かりだが、当日は藩主と世子の世話にかかりきりで、廃嫡された彦之助が登城していたことなど、露知らなかったそうじゃ」

太郎左衛門は、ため息混じりにそう返した。

剛次郎は声をひそめて問うた。

「それから乱心した彦之助ですが、身柄はいまどこに……お目付衆が拘束《こうそく》しておるのですか？」

「いや、これはまだ表沙汰《おもてざた》にしておらぬのだが」

太郎左衛門も応じるように、声をひそめた。

「我が同輩の目付である佐々木《ささき》兵部《ひょうぶ》殿が、彦之助殿を松の廊下で取りおさえた。それで、廊下脇《わき》の小部屋に軟禁《なんきん》したのだが……」

瞬《まば》きをしながら、太郎左衛門は続けた。

「彦之助殿は小部屋で逆上し、兵部殿の首を絞めにかかってきたというのじゃ。兵部殿も血の気は多いほうだからの。のしかかられ、首を絞められて、堪忍《かんにん》の緒がすぐに切れた。脇差《わきざし》で応戦し、返り討ちにしてしまった」

「ほう、その兵部という目付も、殿中で抜いたわけか……」

殿中では、抜いただけで切腹と言われている。

小五郎が目を閉じて黙考《もっこう》すると、片頬に笑みが浮かんだ。

「せ、先生、早くも聞こえてきましたかい、見えざる声が」

市松が場所柄《がら》をわきまえず、ぱちんと指を鳴らしたが、小五郎は小さく首を振った。

太郎左衛門は、錆《さ》びた声で漏《も》らした。

「兵部殿はご老中・水野さまのお気に入りじゃ。首を絞められてやむなく抜いた仕儀でもある。彦之助は乱心して取りおさえられ、憤激《ふんげき》のあまり憤死した。そういうことにせよと、水野さまは仰《おお》せじゃ」

「憤激したぐらいで、人が死ぬかどうかはともかく、要するに乱心した彦之助はお陀仏《だぶつ》か」

惨事《さんじ》が起きた松の廊下に、小五郎はもう一度、目をやった。

昨日は諸侯や表坊主たちが行き交っていたであろう長廊下も、今日は人の行き来がまばらであった。

襖絵《ふすまえ》に描かれた松と千鳥《ちどり》の絵が、くっきりと目に浮かんだ。

「昨日の惨事だが、多くの諸侯や公儀《こうぎ》の役人が目にとめておる」

太郎左衛門が、切々とした声で発した。

「ご老中方が連署して、正式な処断がくだされるまでは、くれぐれも口外せぬようにとお触れをまわしたが、人の口に戸は立てられん」

「それはそうでしょうね。殿中雀《でんちゆうすずめ》の表坊主が三百人もいるんなら、じきに、ぴぃちくぱぁちくと、だだ漏れになりますぜ。そのうち江戸中で、天保松の廊下をネタにした読売が乱舞するでしょう」

市松は江戸っ子としての興味と、御用聞きとしての困惑が入り混じった表情で、声をあずらせた。

「我ら町方が南北の総力をあげて、興味本位の流言飛語《りゅうげんひご》を食い止めまする」

剛次郎は能吏《のうり》ぶった物腰で、頬を引きしめた。

太郎左衛門が渋面《じゅうめん》をして、一同を見まわした。

「水野さまと土井さま。ご老中おふたりの間で、ご処断の趣《おもむき》が食い違うという事態も予想される。憂慮《ゆうりょ》されるべきことじゃ。おふたりの意見の違いは、そのまま将軍家のお悩みのタネになるからな」

将軍家慶は、自身が裁断をくだすにあたって揺れている。

小五郎が察していたとおりのことが、幕府の中枢で起きているようだ。

「柳営の混乱を避けるためには、なにより事件の背景と真相を正しく掌握《しょうあく》することが肝要じゃ。いま、鎮西藩邸に別の目付が詮議《せんぎ》に赴《おもむ》き、彦之助の周辺のことを調べてはおるが、あまりあてにはできん」

太郎左衛門が、いきなり小五郎の両手を握ってきた。

「頼むぞ、教授殿。そなたの神眼《しんがん》だけが頼りじゃ」

それから三人は、一度、御玄関から退出した。

「目付殿、所望がある。表御殿は検分したので、次は大奥に案内してほしい」

いきなりそう切りだした小五郎に、

「なに、これから大奥を見てみたいじゃと」

太郎左衛門は呆気《あっけ》にとられた。

「無理じゃ。中奥ならばまだしも、大奥などと」

江戸城本丸には、南側から順に、表御殿、中奥、大奥と三つの区域が並んでいる。中奥は将軍が日常の生活をする場所で、大奥は言わずと知れた、将軍の正室《せいしつ》や側室《そくしつ》、それに数多《あまた》のお女中たちが暮らす、女だけの世界だ。

「先生がじつは下ネタ好きであることは、うすうす承知しておりましたが、嬉《うれ》しいことを言ってくれるじゃありませんか」

市松が、でれっと相好《そうごう》を崩してはしゃいだ。

「察するに見えざる声は、大奥のほうから響いてきているんでしょうね」

「いや、そうではない。来たついでに、目にとめておきたいだけだ」

いつもながらの愛想のなさで、小五郎は応じた。

「そうなんですかい。まぁなんにせよ、善《ぜん》は急げだ」

市松の鼻息は荒いが、剛次郎はしきりに太郎左衛門の顔色をうかがっている。

「……いたしかたない。とにかく大奥にお連れいたそう」

渋い面付《つらつ》きのまま、太郎左衛門は首を縦に振った。

一行はいくつもの櫓門《やぐらもん》や木戸を抜け、本丸御殿の東側から北を指して歩いた。左手には延々と広大無比な本丸御殿が続き、やがて右手の先に、二の丸御殿が見えてきた。

「あれが平河門でござる」

太郎左衛門がわざわざ立ち止まって、指をさした。

幾重《いくえ》にも連なって、本丸や二の丸を守っている白壁《しらかべ》の塀《へい》と内堀の彼方《かなた》に、不浄《ふじよう》門《もん》という別名の平河門が垣間見えた。

元禄の折の浅野内匠頭も、また山村座《やまむらざ》の役者・生島新五郎《いくしましんごろう》との醜聞《しゆうぶん》で知られる大奥の老女・江島《えじま》も、この不浄門から江戸城を追われた。

「なるほどな。長尾彦之助の骸《むくろ》は、もうあの不浄門を通って、城を出たわけだな。亡骸《なきがら》の行き先は鎮西藩邸ではなく、直《じか》に菩提寺《ぼだいじ》ですかな?」

「そう聞いておる」

太郎左衛門は言下に応じて、さらに言葉をつなげた。

「斬られた佐野式部殿のほうは重体だが、いつまでも柳営で寝かせておくわけにはいかん。やはり不浄門からではあるが、一両日中には羽黒藩邸に引きわたされることになろう」

それから一行はふたたび、北を指して歩きだした。

「さて、ここが大奥の入り口であるお広敷門《ひろしきもん》じゃ。皆々、遠慮せずについてくるとよい。大奥の御玄関が、すぐ先にあるのでな」

もったいぶった口ぶりで、太郎左衛門は一同に告げた。

「えっ、大奥に外から入る御玄関があるんですかい」

いかにも意外そうに、市松が目をぱちくりとさせる。

「なるほどな、お広敷門の玄関から大奥に入るわけか」

小五郎は、ふんと鼻で笑った。

大奥には、男の役人が詰めるお広敷という一郭《いっかく》があることを、知識として知っていた。

将軍の奥方である御台所《みだいどころ》さま以下、大奥にはおよそ二千人の女たちが暮らしている。壁や塀で世間からは閉ざされてはいるが、ここはひとつの大きな町とでも言うべきものであった。

二千人の女たちの日常に必要な食べ物や衣類、化粧道具をはじめとする諸々の物品を調達するのが、お広敷に詰める役人の仕事である。

一行は、玄関に足を踏み入れた。

「ひ、ひでぇ、男ばっかりじゃないですか」

市松が悲鳴に近い声をあげた。

「玄関の右手が七つ口じゃ。ここまでは、大奥御用達《ごようたし》の商人たちも入ってきてよいことになっておる」

太郎左衛門は淡々と一行を案内する。

広敷役人と商人たちは、この七つ口で商談をするということだった。

「そうか、ここまでなら我らがうろちょろしても、さほどには目立たないということですな。いや、本多さまもお人が悪い」

剛次郎は苦笑しながら、それでも興味ありげに、商人が出入りする七つ口の様子を目にとめていた。

「この場所は思いのほか、興が引かれるな」

小五郎はそうつぶやきながら、御玄関の中を見まわし、広敷役人と御用達《ごようたし》商人たちのやりとりに耳を傾けていた。

「子細《しさい》に見ると、男ばかりではないな。奥から、女子《おなご》も出てきている。さしずめ老女あたりから用事を言いつかって、商人に伝えにきたのであろうな」

　小五郎の言に、

「さすがは教授殿、みごとな見当じゃ。あの者らは部屋子《へやこ》でござる」

　おおげさに感心しながら、太郎左衛門は部屋子のことを語ってくれた。

　部屋子とは、将軍に直に仕える奥女中ではなく、御年寄役など、上級の奥女中たちが自身の局《つぼね》で召《め》し使っている、いわば陪臣《ばいしん》の女中のことらしい。

「なるほど、おもしろい。そうした身分の低い女中ならば、こうして広敷の七つ口まで出てきて、商人の男と言葉を交わすのが許されるわけか」

　小五郎はひとりで合点して、うんうんとうなずいている。

「ちっともおもしろくありませんや。部屋子だか、おかちめんこだか知りませんが、閨《ねや》で将軍さまのお相手をしそうな美形は、ひとりもいませんぜ……と思ったら……」

　市松は目を瞬《またた》かせた。

「先生、旦那《だんな》、いましたぜ、美形が。しかもぶったまげたことに、女坊主だ」

　小五郎と深津の袖《そで》を両手で引きながら、市松は騒ぎたてた。

「なるほど、頭を丸めておる。かなりの年増《としま》だが、たしかに美形だな」

剛次郎も興を引かれたように目を見開いた。

「あれは、お伽坊主《とぎぼうず》ですか？」

小五郎はすぐに思いあたって、太郎左衛門に目を向けた。

大奥にはそういう名の、僧形《そうぎょう》をした女がいると聞いたことがあった。

「教授殿はさすがに、なんでもよく知っておるな。あれはたしかに、将軍家に仕えるお伽坊主じゃ。大奥の女たちのなかで、あのお伽坊主だけが中奥まで出入りすることを許されておる」

男物の無紋の羽織《はおり》を着て、影のように将軍に仕えている。いわば異形《いぎょう》の者ということだ。

将軍は、中奥と大奥を往復して暮らしている。大奥から、将軍に火急《かきゅう》の用事があるときなどに、お伽坊主がこっそりと中奥まで使いに出るらしい。

「とは申せ、お伽坊主が七つ口まで出てくるのは、めずらしい光景じゃ。商人相手になんの商談かのう」

小五郎、剛次郎、市松、太郎左衛門。突っ立ったままの男四人の目線が、美形のお伽坊主にそそがれた。

あたりに宵闇《よいやみ》が漂いはじめた。話し相手をしていた商人が去り、お伽坊主もすっと席を立った。

「顔の気色《けしき》が、にわかに変わったな」

小五郎はなぜか、お伽坊主のことが気にかかり、その場にたたずんでいた。

「そうだな、たしかに話をしている途中で、顔色が変わった」

剛次郎も相槌《あいづち》を打ってきた。

「わしもそう感じた。顔色が蒼ざめたな。そうしたら却《かえ》って青い頭から、妖気《ようき》のような色香が漂ってきた感じがする。いくつぐらいかのう。大年増には違いないが、たいした色気じゃ」

真面目そうな見かけによらず、太郎左衛門はどうやら変哲《へんてつ》っぽい助平《すけべい》らしい。

「おい、もうそろそろ帰ろう。お奉行から、書付が届いているかもしれん」

剛次郎にうながされて、来た道を戻りはじめた小五郎だが、ふと背中に見えざる声が聞こえた気がした。

思わず振り返ると、不浄門が夕闇に溶けていくさまが、瞳に浮かんだ。

三幕

「お待ちしておりました」

一行が八丁堀の提灯掛け横丁《ちょうちんか》にある剛次郎の屋敷にたどり着くと、若同心である草刈陽介《くさかりようすけ》が待っていた。

「こっちも待っていた。お奉行からの報《しら》せだな」

剛次郎は陽介の手許から、書付をひったくった。

一同は深津家の書院で車座となり、書付に順に目を落とした。

遠山景元《かげもと》は私的な家臣である内与力を四方に走らせ、鎮西藩と羽黒藩の内情について、急ぎ調べをつけてくれていた。

鎮西藩・長尾家のほうは、いささかわけありであった。

彦之助は、藩主の先妻の子だった。

凡庸《ぼんよう》だが、かといって愚鈍《ぐどん》でもなく、正妻の子で長男だったので世子となり、当時の将軍・家斉公にもお目見した。それから月次登城や式日には、欠かさず登城をした。

生母は十二年前に病没していたのだが、その通夜《つや》の日に、側室が男子を産んだ。側室は若い佳人《かじん》であった。生まれた子も、子柄のよい、愛くるしい顔立ちをしていた。

正妻であった彦之助の母は、どちらかというとお多福《たふく》顔をしていた。彦之助は母親似で、容貌《ようぼう》がすぐれているとは言えず、性格もはきはきとしなかった。

藩主の愛は、弟に傾いていった。

それでも、彦之助は正妻の子である。よもや廃嫡されるとは、家中一同も、また本人も、思ってもいなかった。

ところが側室の長年の懇願《こんがん》が功を奏し、藩主の心が動いた。ちょうど、二年前に彦之助は突然、廃嫡された。

弟は十歳なのに、十三歳とさばを読んで元服《げんぷく》し、手早く将軍家慶へのお目見も済ませてしまった。

それで、登城もするようになった。

「そうやって年齢のさばを読むのは、宮仕えではよくあることだ。早く就職したいときや、にわか養子に立ったとき、年端《としは》がいかないよりは年長のほうがよろず有利だからな。さばを読んだ歳を官年《かんねん》、本当の歳を実年《じつねん》と言うのだ」

剛次郎は市松と陽介のほうを向いて、蘊蓄《うんちく》を披露した。

「そうやって無用の知識を誇るときのおまえは、本当に幸せそうだな」

小五郎が皮肉《ひにく》ると、剛次郎は酢を飲んだような顔をした。

片や羽黒藩の、まだ若い身空《みそら》の佐野式部のほうは、災難《さいなん》としか言いようがなかった。

藩にも佐野家にも、これといった懸案は見あたらないとのことだ。

式部は蒲柳《ほりゅう》の質《しつ》で、身体が弱いという難点はあったものの、学問好きで礼儀正しく、挙措《きょそ》も典雅《てんが》であるという。

そこに、剛次郎の妻女がふたりの女中の指揮をして、夕飯の膳《ぜん》を運んできてくれた。

「皆さま、どうぞたんとお召しあがりください」

妻女は琴乃《ことの》という。八丁堀では賢夫人と誉《ほま》れの高い女性で、家付き娘だが、客人の前では亭主《ていしゅ》を立てることを忘れない。

「うむ、ご苦労であった」

亭主関白《ていしゅかんぱく》をよそおった剛次郎は、鷹揚《おうよう》にうなずいて箸《はし》を取った。

「では、遠慮なく頂戴《ちょうだい》する」

小五郎も琴乃に目礼し、箸を取る。

「彦之助と式部に、やっぱし、つながりはどこにもないわけですね」

ひとしきり飯が進むと、市松が自分で飯椀にお替わりをよそいながら、つぶやいた。

「あるわけがないだろう。江戸城での詰間も違うし、家と家とで交流があったわけでもない」

剛次郎は飯を咀嚼《そしゃく》しながら続けた。

「あいつらは、俺たち貧乏御家人の倅《せがれ》とは、生い立ちが違うのだ。手習《てなら》い処《どころ》が一緒で、しょっちゅう喧嘩をしていたとか、町道場で竹刀を交えていたとか、そういうつながりはない。そんなこともわからないのか」

市松は肩をすぼめて、飯に専念した。

夕飯のあとは酒になった。

「相変わらず、付き合いの悪いやつだ」

酒気を嫌い、茶をすすっている小五郎に、剛次郎が嫌味たらしい目を向けた。

「そんな濁酒《どぶろく》を漉《こ》しただけの代物《しろもの》の、どこがよいのだ」

小五郎は憐《あわ》れむような口調である。

「俺も長崎では飲んでいた。前にも話したモーゼルヴァインだ。これの味わいは、おまえたちが飲むような濁酒まがいの安酒とは違う」

「言うに事欠いて、どぶろくだの安酒だのと。おまえをもてなすために、今夜は灘《なだ》の生《き》一本《いっぽん》を奮発《ふんぱつ》したというのに」

剛次郎が色をなしたとき、

「いま、お使いが来られまして、これを」

琴乃が、あらたな書付を届けにきた。

「おお、お奉行からの追伸か」

気を取り直した剛次郎が、さっそく封書を開いてみると、

「いや、あのお目付からだ。本多太郎左衛門殿からの書状だ」

剛次郎だけでなく、一同が寄り集まって、書面に目を落とした。

昨日の刃傷の件のことで、新事実があきらかになったと記されていた。

式部に斬りつける直前の彦之助に、なにやらひとこと、ふたこと、耳打ちをしている表坊主がいたとのことだ。

場に居合わせた大名と役持ちの旗本が、今日になってそう証言したという。

彦之助は、松の廊下の北側の入り口あたりを、うろうろしていたらしい。

それで、表坊主からささやかれていた、ちょうどそのときに白書院から出て、松の廊下を進みはじめていた式部の背中を目にとめた。

その途端、なにを激昂《げっこう》したのか、いきなり斬りつけたわけであった。

小五郎は、資格もないのに登城していた彦之助の心情を、推《お》し量ってみた。

世子であったころのことが忘れられずに、ふらふらと登城したのか。

あるいは柳営で、藩主である実父と世子である弟に、嫌味のひとつも浴びせてやろうと覚悟を決め、咎《とが》められることを承知で押しかけてきていたのか。

いずれにせよ、鬱屈《うっくつ》が嵩《こう》じての奇矯《ききょう》な振る舞いだったに違いない。

「ところが、彦之助に耳打ちして唆《そそのか》したらしい表坊主の正体と行方が、杳《よう》として知れない……と、この書状にはあるな。同じ恰好をした表坊主は三百人いるわけだし、昨日の松の廊下は祭日の浅草のように、人が行き交っていたわけだから、やむをえないか」

小五郎は冷めた声で、そう言った。

「しかし小五郎、その唆しの表坊主を見つけだすことこそが、一件の解明の早道なのではないか」

「そんなことは言うまでもないが、すでに目付たちが血眼《ちまなこ》になって取りかかっているだろう。こそこそとした物腰でしか登城できない我らなどは、てんでお呼びであるまい」

小五郎が薄く笑うと、剛次郎はむっと押し黙った。


「あなた、またお使いが」

襖の向こうから、琴乃が再度、声をかけてきた。

「おお、今度こそお奉行からだ」

ふたたび剛次郎が気を取り直して、書付を開いた。

中身は、鎮西藩・長尾家と、羽黒藩・佐野家の内情に関する追伸であった。

まず、小さな鎮西藩であるが、中は大きく揺れていた。

廃嫡されるにあたって、彦之助はかなり抵抗したとのことだ。

むっつりと寡黙《かもく》だが、彦之助は生来、穏やかな人となりであるという。

それが思いも寄らぬ境遇の変転に態度を硬化させ、親戚《しんせき》筋の大名、さらには大目付や老中に訴え出るとまで、言い張ったらしい。

それならばと、父・藩主が懐柔《かいじゅう》にかかった。鎮西藩の実収は、一万三千石ほどである。その三千石を分知《ぶんち》するので、旗本になればよいと。

西国の彼方にある領国は遠い。参勤交代で行ったり来たり忙《せわ》しない大名よりも、江戸でずっと遊び暮らしていられる旗本のほうが、よっぽど旨味《うまみ》があるぞと。

それもそうかと、生来、ものぐさである彦之助も納得し、分家するつもりとなった。

ところが、弟が元服、将軍家へのお目見えと、着実に次期藩主への足場を固めていくのに対し、分家の話はいっこうに進まない。

それどころか、ひと月以内に上屋敷を出て下屋敷に移るようにと、江戸家老を通じて父藩主の意向が伝えられた。

三千石の話は反故《ほご》にするつもりか。この仕打ちに、彦之助も切れた。

それで先んじるように、美形の侍女《じじょ》を幾人も連れて、すぐさま上屋敷を出た。

以来、下屋敷に籠城《ろうじょう》して、日がな酒色《しゅしょく》に耽《ふけ》っている。

そんな最近のありさまであったという。

一方、羽黒藩の内情は、やはりおおむね安穏《あんのん》であった。

ただ藩主には年の離れた弟がいて、他家に養子にもいかずに、羽黒藩邸で暮らしていることだった。

兼三郎《けんざぶろう》というその冷や飯食いは温厚で、鎮西藩の彦之助のような不穏当な言動もなく、二百俵の捨て扶持《ぶち》をあてがわれて、ひっそり暮らしているという。

あえて羽黒藩における、危なげなことをほじくりだすとすれば、商家の出だというその兼三郎の生母が、数年前から行き方知れずになっている、ということぐらいだった。

「その藩主の弟は、いずれは藩主となる甥《おい》の厄介者として、一生を終わるわけだな……そのうえに、母親の行方が知れないわけか」

甥とはつまり、今回、思いがけない災難に遭《あ》った世子・佐野式部のことだ。

小五郎は、会ったこともない兼三郎という男に、憐憫《れんびん》を覚えた。

「大名たるもの、厄介叔父《おじ》のひとりやふたりはいるだろう。些細《ささい》なことだ」

剛次郎は羽黒藩のことについては、右から左に受け流した。

「それよりも、やはり問題があるとすれば、鎮西藩だったな」

鼻の頭を掻きながら、剛次郎なりに思案している様子だ。

「読めてきたな。長尾彦之助は廃嫡されて、心根が荒《すさ》んできた。それで世子の時代が忘れられずに、ふらふらと登城した。かつては見かけた顔なので、徒歩《かち》目付や表坊主どもも、つい見過ごした」

　徒歩目付は目付の配下で、本丸の表玄関の周囲で登城してくる大名の行動を監察している。

「それで松の廊下において、世子として順風満帆な大名人生を送る佐野式部に嫉妬《しっと》し、刃傷に及んだ……どうだ、この筋読みは」

　剛次郎は小五郎ではなく、市松と陽介に自慢げな顔を向けた。

「さすがは、三日天下だったにせよ、廻り方を統括された剛次郎の旦那だ……と言いたいところですが」

　市松はこめかみを掻いた。

「そもそも彦之助は、佐野式部の顔や、その羨《うらや》むべき境遇のことを、どうやって知っていたんですかね」

「そ、それは、表坊主だ。例の表坊主に耳打ちされて知ったのだ。それで、たちまちお頭《つむ》が、かっとなって沸騰《ふっとう》した」

　剛次郎は自分の筋読みに執着《しゅうちゃく》した。

「表坊主の耳打ちはひとこと、ふたことだったと聞くぞ。それで、佐野式部の恵まれた境遇を語りきれるかな」

小五郎が口を入れると、市松と陽介は、うんうんとうなずいた。

「ただ、佐野式部の世子という境遇に嫉妬《しっと》して……というところは、一応はうなずける」

「そ、そうだろう。小五郎も根っこでは、俺と同じ考えだな」

剛次郎もまた、大きくうなずいた。

「いずれにせよ、鍵《かぎ》を握るのは、その表坊主だ」

小五郎は薄く目を閉じて、思案をめぐらせた。

「たったひとことふたことで、どういう手妻《てづま》を使って彦之助を唆し、佐野式部を襲わせたのか。そもそも、なにゆえ彦之助とはなんのかかわりもない、羽黒藩の世子を狙《ねら》わせる必要があったのか」

鎮西藩は外様で柳間。羽黒藩は譜代で帝鑑間。それに、年恰好もかなり違う。そもそもふたりに面識がなかったことは、当初からあきらかにされていたことだった。

「こ、小五郎。つまりは件《くだん》の表坊主は、羽黒藩なり佐野式部なりに、恨みを持っていたということだよな？」

確かめてくる剛次郎に、小五郎は短く告げた。

「明日は本多太郎左衛門殿に協力して、その表坊主をあぶりだせ。他の目付たちの詮議などよりも、迅速にな」

「わ、わかった。というより、おまえに言われんでもそうするが、おまえはどうする」

「俺はもう一度、大奥に行く」

小五郎のひとことに、面々は一様にへそを曲げた。

「おまえばかりいい役だな。市松が言うように、おまえはむっつりの助平だ」

一同を代表するかのように、剛次郎が不満を告げると、

「いい役とばかりは言えぬぞ。雁首《がんくび》を並べているのは、男の年寄りが多いしな」

小五郎は冷めた声で応じた。

「あっ、そうか。大奥と言っても、美形のお女中がうじゃうじゃいる御殿ではなく、昼間に行った辛気《しんき》くさいお広敷か。そうか、あの大年増の女坊主が気にかかるのだな」

「声が聞こえたのだ。見えざる声が」

小五郎がつぶやくと、

「ならばあっしも、見えざる声と先生に導かれ、大奥探索組に加わりますぜ」

市松が、ぽんと膝を叩《たた》いた。

八丁堀から麹町までは遠いので、その夜は、剛次郎の屋敷に泊まることになった。

寝床で目をつむると、お広敷の七つ口で見かけたお伽坊主の面影《おもかげ》が浮かんできた。最初に目にとめたときは、晴れ晴れとした顔をしていた。なんというか、憑《つ》き物《もの》が落ちたような顔だった。

ところが、商人と言葉を交わしている間に、お伽坊主の面貌《めんぼう》が、みるみる蒼ざめてくるのが、遠目にも見てとれた。

（落ちた憑き物が、また憑いたような……）

四幕

雨戸の間から陽《ひ》が差しこんできた。あたりが明るくなっていくのを瞼《まぶた》で感じていると、玄関のあたりで物音がした。

居間に出ると、琴乃が立っていた。

奉行所から朝一番の使者が来て、遠山奉行の書付がまた来たのだという。

「うちの人は朝寝坊なので」

剛次郎をすぐに起こすべきかどうか、琴乃は迷っているようだった。

「それにしても、遠山さまも朝が早いな。剛次郎ならば、もうしばらく寝かしておいてやってください」

小五郎は琴乃から書付を受け取り、すぐに開いた。

遠山左衛門尉からの第三信は、刃傷事件に対する両老中の意向が、対立していることを告げてきていた。

水野越前守忠邦の意向は、喧嘩両成敗を原則とする苛酷《かこく》なものだった。

斬りつけた側の鎮西藩は、お家お取り潰《つぶ》し。

斬りつけられた佐野藩は、五万石のうち二万石を召しあげ。藩主は隠居《いんきょ》、傷ついた若い世子は廃嫡。

よろず峻厳《しゅんげん》な政《まつりごと》を志向する南町奉行の鳥居甲斐守が、水野の考えに同調しているという。

その一方で、蘭癖《らんぺき》大名として知られる土井大炊頭利位の意向は、この人物らしい情味を感じさせるものだった。

鎮西藩は一万石のうち、五千石を召しあげて旗本に格落ちさせる。

藩主である彦之助の父と、世子である弟は、そのまま旗本家の当主と世子の座に就いていてよい。

また佐野藩はあくまで被害者なので、五万石はそのまま安堵《あんど》。藩主にも、お咎めなし。

ただし世子は重体なのに加え、年来の病弱であるので、世子の控えである藩主の弟・兼三郎を世子に立てるべしと。

土井老中の寛容な判断の背景には、この一件が単に、彦之助の乱心によって引き起こされたものである、という一事《いちじ》があった。

その彦之助はといえば、藩主でも世子でもなく、鎮西藩を代表する立場ではない。家を一気に潰すには及ばないという、温情であった。

ただし『単に彦之助の乱心が原因』という一事には、まだたしかな証《あかし》はないのであるが。

「おい、なんでこの屋敷の主人である俺より先に、おまえが書付を読んでいるんだ」

剛次郎がぶつぶつ言いながら起きだしてきたので、その寝ぼけ顔の鼻先に、書付を突きつけてやった。

「おお、またもやお奉行からか」

剛次郎は書面に目を落とした。

「ふむふむ、おまえが推量していたとおりだな。将軍さまにご意見を申しあげるべき両老中の考え方は、食い違っているようだ。もっとも、この俺もこの点については、端《はな》から憂慮していたのだが……むむっ！」

文面を追っていた剛次郎の目が、つりあがった。

「彦之助が勝手に乱心して刃傷に及んだ。このことの証がないと、遺恨による刃傷ということにより、喧嘩両成敗という大本《おおもと》の法《のり》が適用され、水野老中の意向が重視されることになる。なので、乱心による刃傷という証を、可及的速《かきゅうてきすみ》やかに入手せよ……とあるぞ」

剛次郎は全身で、貧乏揺すりをはじめた。

「できるだけ早くと言われても……肝心の彦之助はとっくのとうに、あの世に逝ってしまっているし……どうする、小五郎、どうしたらいい」

両手で小五郎の肩をつかんで、揺さぶってきた。

「医師に彦之助がもとから乱心していたという、診断《みたて》を書かせるか。まんざら、嘘《うそ》ではない。下屋敷に幾人も侍女を引っ張りこんで、朝夕なく酒色に耽っていたのだからな。俺たちは町方だ。要請に応じて筆を舐《な》めてくれる町医者には、事欠かん」

剛次郎は、しゃっくりまで出しはじめた。

「朝な夕なに酒色に耽っている大名なら、いくらでもいるだろう。それに相手には、あの猜疑心《さいぎしん》の塊《かたまり》のような妖怪がついている。証の捏造《ねつぞう》をしたことが見破られれば、剛次郎、おまえは打ち首獄門《ごくもん》だ」

「と、鳥居か！」

剛次郎は口元をわななかせた。

「先生、もう朝飯は食いましたかい？」

ようやくと、市松と陽介が起きだしてきた。

「朝飯を食っている暇《ひま》はないようだ。可及的速やかに、だそうだからな」

目をぱちくりする市松と、貧乏揺すりのやまない剛次郎を尻目に、小五郎はまだ人通りのまばらな八丁堀から動きだすことにした。

小五郎は日本橋・通町へと急いだ。

後ろから市松が短い足で、必死についてくる。

通町の界隈《かいわい》は大江戸の目抜き通りだが、あたりには書物屋《しょもつや》が集まっていた。書物屋とは、堅い書籍の版元のことだ。

蘭書の仲介もしている通油町《とおりあぶらちょう》の万寿堂《まんじゆどう》に、懇意の手代がいた。小五郎はその手代から、武鑑《ぶかん》を出版する須原屋《すはらや》の番頭の名を聞いた。

武鑑は、公儀や大名の役職者の名を列挙した年鑑だ。

須原屋は万寿堂から至近の、通一丁目にあった。

「お伽坊主のことですか」

善兵衛《ぜんべえ》という番頭は首をひねった。

「武鑑に記載されているのは、男子の役職者です。お広敷に詰めている人間のことならばともかく、正真正銘《しょうしんしょうめい》の大奥の女子のことまでは……」

「そのことは承知している。ただあなたは、柳営のこと全般にくわしいと聞いた。武鑑には記載されぬ裏面も知っているのではないか。そう思ってやってきた」

そう前置きして、小五郎は問いたいことを列挙した。

現職のお伽坊主で知った人物はいるか。

大奥の命令系統はどうなっていて、お伽坊主の上司は誰なのか。

そもそもお伽坊主は、どういう伝手《つて》で採用されるのか。

問われた善兵衛は、ますます首をひねった。

「残念ながら、存じあげているお方はおりません。上司ということならば、統括されているのは御年寄《おとしより》さまだとは思います」

善兵衛は歯切れの悪い口ぶりで続けた。

「漏れ伝わってくるところによれば、お伽坊主とは、江戸城の長い廊下の壁際に沿って黒子《くろこ》のように行き来する、影のような存在だと聞いたことがございます」

「採用も、普通の奥女中のように、幕臣の娘のなかから、見目麗《みめうるわ》しい者が推挙《すいきょ》されるわけではないのか」

「幕臣の未亡人のなかから、口の堅い女性が選ばれるという噂《うわさ》はございます。ただ、与力同心などと同様、その身分は株として売り買いされているという話も、一方ではございます」

「番頭殿、造作をかけた」

短く礼を告げて、小五郎は腰をあげた。

「先生、どうしても気にかかりますかい、あのお伽坊主が？」

「気にかかる」

市松の問いかけにぶっきらぼうに応《こた》えると、小五郎はその足で通町から、日本橋本町筋の目抜き通りをまっすぐ西に向かった。

呉服橋で外濠《そとぼり》を渡ると、江戸城の甍が頭上に迫ってきた。大名屋敷の間を抜け、内堀に行きつくと、ようやくと足をとめた。

「先生、やっぱりあっちのほうから、聞こえてくるんですかい」

市松の指さす先に、通行口の左右に石垣が積まれた平河門が見えた。

「ああ、聞こえてくる」

「天地《あめつち》の間に木霊《こだま》する見えざる声……じゃなくて、黄泉《よみ》から聞こえる死者の声じゃないでしょうね。なんにしろ、薄っ気味悪いや」

市松は小寒そうに、襟元《えりもと》をすくめた。

それから、小半刻あまりも立ち尽くしていると、

「せ、先生。まさか昼飯抜きで、ここで頑張っちゃおうなんて料簡《りょうけん》じゃないでしょうね。いいですかい、今日は朝飯すら、腹に入れてないんですよ」

文句を言う市松を、

「静かにしろ、出てきたぞ」

小五郎は短く戒《いまし》めた。袖頭巾《そでずきん》を被《かぶ》った件《くだん》の尼僧《にそう》が、平河門脇の潜り戸をくぐっ

て姿を現したのだ。

右手で杖《つえ》をつき、荷物は従者の小女に持たせていた。

「実家にお宿下がりですかね」

市松もまた、食い入るように見つめている。

平河門は不浄門としてだけではなく、大奥の通用門としても使われている。

「お宿下がりならば嬉しいだろうが、顔色は夕べのままだぞ」

強い憂色《ゆうしょく》が滲《にじ》みでた、蒼ざめた様子だった。

「尼殿」

行きすぎようとするお伽坊主に、小五郎はためらいなく呼びかけた。

「私は公儀学問所の儒学教授で、伊能小五郎と申す者です」

小五郎はまっすぐに官姓名を告げた。お伽坊主はさして驚かず、うつむいていた面《おもて》をあげた。

「ゆえあって一昨日の、刃傷沙汰の詮議に加わっています。そこでお訊《たず》ねいたしますが、尼殿はお宿下がりですか？　それから、ご法名《ほうみょう》をうかがいたい」

駆け引きなく、小五郎はまっすぐに問うてみた。

「お宿下がりではありません」

お伽坊主は細い首を振った。

「長く患《わずら》っておりましたので、今般《こんぱん》、お暇《いとま》をいただきました。法名は、恵妙《けいみょう》と申します」

それだけ告げると、お伽坊主は一礼して歩きだした。

「やっぱり黄泉からの、お呼びの声だったんですよ。あの尼さんは、もう長くないのかもしれませんぜ」

「あの尼殿をつけろ。住まいを突きとめてくれ」

「へ、へい」

市松は、咄嗟《とっさ》に格子《こうし》縞《じま》の羽織を裏返し、懐《ふところ》から頭巾を取りだした。

「どうです。まるで別人でしょう」

裏地は藍色《あいいろ》の松葉《まつば》模様だった。角頭巾《すみずきん》を被ると、いささか年寄りくさくはなった。本人は悦《えつ》に入っているが、人相風体《ふうてい》が大きく変わったようには見えない。

「それじゃあ、のちほど」

市松は尻をぺんぺんとふたつ叩くと、恵妙のあとを追っていった。

五幕

夕刻、ひとまず剛次郎の屋敷に戻ってみると、恵流奈がやってきていて、琴乃と茶を飲んで豆菓子をつまんでいた。

「もう、本当に大変だったのですよ」

小五郎の顔を見るなり、恵流奈は愛くるしい頬を膨らませた。

今朝と昼前と、二度にわたって湯島聖堂から使いが来たとのことだ。

朝の使者は湯島聖堂に詰める学問所・勤番衆という役人。

昼前の使者は林大學頭の用人。

ふたりとも詰問《きつもん》口調で、小五郎の日常を恵流奈に問い、

『明日はかならず聖堂に出勤するよう、伊能殿にお伝えするように』

と言い置いて、肩を怒らせて帰っていったという。

「あたくしが先生の代わりに、小半刻も油をしぼられたのですよ」

口では不平を言うが、恵流奈の口元には不敵な笑みがこぼれていた。

林大學頭の恫喝《どうかつ》めいた小言など、意に介している様子はいささかもない。

「そうだな。来月あたり米櫃《こめびつ》が底を尽きかけてきたら、いっぺん顔を出すか」

柳営にあがりこんで探索をはじめたことが、おそらくは水野・鳥居派の目付か、徒歩目付の目にとまり、ご注進されたのだろう。

林大學頭は、鳥居甲斐守の実兄であった。

「それでよいと思います。先生は興味のおもむくままに、学問をお続けなさいませ」

恵流奈は姉のような口調で小五郎を励ますと、

「では学問教授所で、お留守をまもっております」

紙にくるんでもらった豆菓子を土産《みやげ》にもらって、麹町に引きあげていった。

ややあって、

「い、いま、恵流奈さんと玄関ですれ違いました」

草刈陽介が頬を紅潮させて、廊下を走ってきた。

「さすがは仙姿玉質《せんしぎょくしつ》だと評判の女性《ひと》だけありますね。挨拶をして、ひとことふたこと、言葉を交わしました。得したなぁ～」

陽介は大喜びしている。

「つ、疲れた。今日は本当に大変だった」

その後ろから、剛次郎の声も響いてきた。

「目付だけでなく、その下の徒歩目付にまで顎《あご》で使われた。俺たちは八百八町《はっぴゃくやちょう》の町人相手にはでかい面《つら》ができるが、一歩、柳営に入ると、いかんともしがたい」

琴乃が羽織を脱がしている間に、剛次郎は袴《はかま》を蹴《け》るようにして脱いだ。

「酒だ。酒をたしなまん不調法者《ぶちょうほうもの》のことなど、斟酌せずともよい」

まだ陽は落ちきっていなかったが、剛次郎の晩酌《ばんしゃく》がはじまった。

小五郎たちには、夕食の膳が出た。

「結局のところ、彦之助をそそのかした表坊主を、特定することはできなかったのだな」

出だしで小五郎が決めつけると、

「土台、無理だ」

剛次郎は苦い顔で杯を干した。

「唆している光景を目にとめたのは、上方のさる御家門《ごかもん》大名の当主、それに勘定奉行の跡部能登守《あとべのとのかみ》さまだ」

手酌《てじゃく》で杯を満たしながら、剛次郎は言葉をつないだ。

「おふた方にお願いし、表坊主を三人ずつ順ぐりに部屋に呼んで、首実検をしていただいたのだ。三百人いるから、都合、百回だな」

「百回ですか、よく根気が続きましたね」

陽介が箸を止めて感心してみせた。

「根気など続かん。坊主どもは、どれもこれも似たような顔をしておって、まぎらわしい。目は疲れるし、抹香《まっこう》くさくて息が詰まる……と五十人ほど引見《いんけん》したところでお大名が怒りだした。そうしたら跡部さままで、こんなことは目付の仕事であろう……などと身も蓋《ふた》もない物言いで」

剛次郎は首を曲げて、ぽきっと鳴らした。

「まぁたしかに、表坊主は皆、上から下まで同じような恰好をして、同じように頭を丸めている。同じように見えてもしかたがないだろうな」

小五郎はもちまえの怜悧《れいり》な口調で言った。

「そのお偉方ふたりのほかには、例の表坊主を見かけた者はいなかったのか。他の表坊主は、なんと言っている？」

坊主のなりはしていても、役目を帯びた幕臣である。役人という種族は、互いに互いの働きぶりを気にしながら勤めているものだ。

「月次登城の日は、それぞれ掛かりの大名の世話で手一杯でございます。同僚の様子など気にかけている暇はありません……などと、表坊主たちは、口にする言いわけまで同じようだった」

剛次郎は吐息《といき》をついた。

それはそのとおりだろう、と小五郎も思う。

表坊主の給与は、二十俵二人扶持とすこぶる薄給だ。

その代わり、世話をする大名から潤沢《じゅんたく》に付け届けがされていて、こちらが本給のようなものだった。登城日にはつきっきりで、誠心誠意努めるだろう。

「それより小五郎、おまえのほうの首尾《しゅび》はどうだったのだ。あの女坊主の線で、なにか手繰《たぐ》れたのか？」

剛次郎はわずかの酒に酔ったように、絡む口調で問うてきた。

そのとき、玄関のほうから物音が聞こえた。


「疲れましたぜ。今日は本当に大変でした」

誰かと同じような台詞《せりふ》を発しながら、市松は膳部の前に座った。

「いや、遠かった、遠かった。本郷《ほんごう》の加賀《かが》さまの藩邸を横目に見て、白山権現《はくさんごんげん》の近くまで歩かされました」

駆けつけ三杯を干しながら、市松は続けた。

「あのあたりは、染井《そめい》や王子《おうじ》の桜を見にいく道筋ですが、女坊主の後追いではね……」

「それで、恵妙殿の住まいはつきとめたのか」

ややもすると駄弁《だべん》に流れかねない市松に、小五郎は端的《たんてき》に確かめようとした。

「あたりまえ田の加賀藩邸ってね。そこに抜かりはありませんや。恵妙尼が丸い頭をくぐらせたのは、白山権現の杜《もり》を借景《しやつけい》とする、さる大店《おおだな》の寮でした」

四杯目をちゅうと吸いこみながら、市松はにんまりと笑った。

「大店の名は、羽越屋《うえつや》。出羽の青苧《あおそ》を手広くあつかっているそうなんですが」

青苧は出羽国の特産で、越後上布《えちごじようふ》をはじめとする高級な麻織物の原料になる。

「へへ、先生の見えざる声ってのは、やっぱし本物でしたぜ。羽越屋は、どこの藩の御用達だと思います」

「勿体《もつたい》ぶるな。羽越とくれば西国の鎮西藩……とはつながるまい。羽越屋は斬られた佐野式部の、羽黒藩の御用達なのだな」

小五郎の脳裏で、糸と糸とが、しゅるしゅると音を立ててつながりだした。

翌朝、小五郎は夜明けとともに、剛次郎の屋敷を出た。

黒羽二重の小袖。脇差代わりに白扇子《しろせんす》を一柄《いちえ》、黒繻子《くろじゅす》の袴に差しただけの、いつもの軽装である。

くっついてくる市松が悲鳴をあげるほどの早足で、北を指して進んだ。

神田川を渡り、本郷の台地をのぼった。

本郷通りで羽越屋の本店を見かけたが、そのまま足をとめずに白山権現まで、一気に歩き通した。

羽越屋の寮は、唐竹《からたけ》の竹垣が二百坪ほどの周囲を囲んでいた。

「昨日は暗かったんで気づきませんでしたが、小洒落《こじゃれ》た寮ですね。けっこう、いい材料を使っている。母屋《おもや》は総檜《そうひのき》のようだ」

裏門にあたる虎竹《とらたけ》の枝折り戸《しおりど》をぽんぽんと叩きながら、市松が感心した。

「尼殿、いや恵妙殿」

小五郎はそう呼ばわりながら、すたすたと裏庭を進んだ。

裏庭には、梅雨《つゆ》の季節から咲き残って、青から紫に変化《へんげ》した紫陽花《あじさい》がひとむら、咲きこぼれていた。

縁側に腰をかけて、つくねんとその秋色《あきいろ》紫陽花を見ていた恵妙は、さすがに驚いたのか、板敷の上で尻を後ずさりさせた。

「ご無礼いたしました。先般、ご挨拶した儒学教授の伊能です」

小五郎は腰から白扇子を抜いて、丁寧《ていねい》に腰を折った。

恵妙はこっくりとうなずいた。

「私の母も、紫陽花が好きでした。とくにゆっくりと時をかけて、色を七変化させていく秋色紫陽花がお気に入りでした。じつは今日も秋色紫陽花を探そうと、白山権現に来たところなのですが、帰りに道を一本、間違えたようです」

「ご母堂《ぼどう》さまも秋色紫陽花が」

恵妙は訝《いぶか》しそうだった目を、幾分ながらやわらげた。

「紫陽花といえば、私の長崎における師であるシーボルトは、じつは和蘭人ではありません」

小五郎はいきなり、余人《よじん》にはついていけそうもない、脈絡のない話題をもちだした。

「我が師はバイエンという王国に生まれ、モーゼル川流域に点在する蔵元《くらもと》の、葡萄《ぶどう》の酒を好んでいました。いや好むといえば、葡萄の酒よりも……」

小五郎は西の空を見あげた。

「なにより好いていたのは、お滝《たき》さんという奥方でした。この人は其扇《そのぎ》と言う名の丸山の遊女だったのですが、先生が見初《みそ》めて妻にした」

彼方《かなた》の空に思いを馳《は》せながら、小五郎は語り続けた。

「世間では妾奉公《めかけぼうこう》だと見ていましたが、ふたりは影と影とが、いつも重なっているかのようなご夫婦でした。それで紫陽花のことなのですが」

秋色紫陽花のひとむらとは別の、とうに花が散り、葉が落ちはじめた大葉の紫陽花の枝を、小五郎は指さした。

「ああいう変わり種の、半玉形の美しい花をつける紫陽花に、おたくさの紫陽花という学名までつけました。『お滝さん』を先生の国の言葉で発すると、『おたくさ』と聞こえるのです」

ようやくと、シーボルトと紫陽花がつながった。

「あたくしがかつてお仕えしたお方も、紫陽花が好きでした」

いささか打ち解けて、そう漏らした恵妙だが、平河御門で見たときよりも顔色はさらに蒼く、唇は色を失ったように白かった。

(だが美しい。あえてたとえれば、日陰《ひかげ》に咲く馬酔木《あしび》の花のような)

竹垣に目をやると、馬酔木の低木が、熟しきった実をつけていた。

晩秋《ばんしゅう》の入り口にいる小五郎は、春を想った。

春が到来すると、濃緑《こみどり》の葉の間から穂になって咲く馬酔木の白い花は、小五郎の好みだった。その芳香《ほうか》も、官能をくすぐるものがある。

ふと目をやると、竹垣の脇の物干しに、型の小さい肌襦袢《はだじゅばん》が、まだ水気を帯びて干してあった。

「もしや、恵妙殿は水垢離《みずごり》をなされているのか？」

「…………」

返答を寄こさない恵妙に、小五郎が重ねて訊ねた。

「お顔の色が蒼い。まさか、滝に打たれているわけではありますまいな」

恵妙はなにかに耐えているように、白い唇を嚙《か》みしめていた。

縁側に、王子権現のお札が置かれていた。

王子では、石神井川《しゃくじいがわ》に沿って連なる、七滝と呼ばれる滝が有名であった。

「七滝での滝行《たきぎょう》は、荒修行と聞く。失礼ですが恵妙殿のような華奢《きゃしゃ》な方では、遠からずお身体《からだ》を壊してしまいましょう」

恵妙はなにも返してこなかった。

「僭越《せんえつ》ながら、権現の神に代わって、この伊能がどのようなご相談にも乗ります。

ここからはいささか遠いが、お気持ちが落ち着かれたら、麴町・善国寺坂の学問教授所をお訪ねください」

小五郎はくどくは誘わず、

「では、お待ちしておりますぞ」

一礼し、市松をうながして、枝折り戸から去った。

六幕

昼下がりに剛次郎の屋敷に戻ると、当の剛次郎が貧乏揺すりをしながら、大きな饅頭《まんじゆう》を口に詰めこんでいた。

「おい、小五郎。わざわざ白山くんだりまで出張っていたのか。まさか、物見遊《ものみゆ》山《さん》ではあるまいな」

口をもぐもぐさせながら絡んでくる。

「自棄食《やけぐ》いか」

小五郎は、くすりと笑った。剛次郎は今日も、柳営で件《くだん》の表坊主の探索にあたっていたはずだった。

「俺の身にもなってみろ。今日はな、南の鳥居さまが現れて、お目付方を督促《とくそく》なされたのだ。鳥居さま自身、奉行になる前はお目付だったしな。坊主ひとり探しだすのに、なにを手間取っておる、とたいそうな剣幕だった」

南町奉行である鳥居耀蔵《ようぞう》の守名乗《かみなの》りは、甲斐守。それでついた仇名《あだな》が妖怪だ。

「水野・鳥居派の目付である佐々木兵部さまは、最敬礼して聞いていたが、土井老中派の我らが本多さまは、うんざりした顔だった。それで帰りがけにな、鳥居さまが俺の顔を凝視《ぎょうし》してきたのだ」

また激しく両腿《りょうもも》を揺らしはじめた剛次郎は、饅頭をふたたび口に押しこんだ。

「見かけぬ顔だが、どこの誰だ、と蛇《へび》のような目を向けてきた。こ、小五郎、おまえの尻馬に乗せられて、のこのこと柳営にあがりこんだせいで、俺は妖怪に目をつけられた。小便をちびりそうになったぞ」

小五郎は思わず笑ってしまった。

「登城資格のない不浄役人が、本丸御殿でご不浄にも行かずに失禁か。妖怪の目が、般若《はんにゃ》のようにつりあがるだろうな」

「お、おまえというやつは」

剛次郎は握った拳《こぶし》を、わなわなと揺らした。

「しっかりしろ、剛次郎。そんなに鳥居が怖いのか、おまえは北の与力だろう」

「ああ、怖い。鳥居さまと遠山さまを比べると、いまは鳥居さまに勢いがある。将来《さき》には、南北を束ねる総奉行になるという噂もあるのだ」

総奉行などという役職は、あとにも先にも聞いたことがなかった。

「すまじきものは宮仕えだな。先々のことを、臆測だけでいまから怯《おび》えているとは」

少しだが、憐憫《れんびん》の情が湧《わ》いてきた。

「まったくなんという不公平だ。同じ宮仕えをしているのに、おまえだけが能天気にひらめきを発しながら、日々を勝手気ままに生きている。それなのに、この俺は……」

「そうでもないぞ、剛次郎」

慰めてやるつもりで、小五郎は続けた。

「俺も目をつけられている。妖怪の兄貴からな」

「林大學頭か。そうだった、妖怪は林家の生まれで、鳥居家に養子にいったのだったな」

剛次郎の声に張りが出てきた。

「隙あれば、俺を湯島聖堂からも、また麹町の学問教授所からも追放しようと、虎視眈々《こしたんたん》と狙っている。要は気の持ちようだぞ、剛次郎」

ばしっと背中を叩いてやると、剛次郎は饅頭をむせた。

「しっかし、兄弟にそれぞれ目をつけられるとは、我らはやはり縁があるな。小石川の、貧乏御家人の冷や飯食いに生まれた者同士、これからも力を合わせていこう」

すっかりと元気を取り戻したようだ。

「それはそうと、町方で羽黒藩のお出入りは誰だ？」

南北で四十六騎いる町与力は、それぞれ分担を決めて、二百七十諸侯の藩邸に出入りしている。

「羽黒藩は、桑村《くわむら》殿の掛かりだ。もうかれこれ二十年近く出入りしていると聞いているが、羽黒藩の線で進捗《しんちょく》があったのか？」

剛次郎は少しだけ、しゃきっとした。

「追って、まとめて話す。まずは桑村屋敷の場所を言え」

北町奉行所の町火消担当与力である桑村喜十郎《きじゅうろう》の屋敷は、剛次郎の屋敷と同じ、提灯掛け横丁の一角にあった。

夕刻に奉行所からさがってくる頃合いを狙って、足を運んだ。

「羽黒藩のことで、お訊ねにまいられたか」

五十年配の桑村は、松の廊下の刃傷事件のことは、とうに耳に入っている様子だった。

「噂はこちらにも、こぼれてくる。柳営における詮議は進んでいる様子かな？」

興味津々らしく、逆に探る目を向けてくる。

「探索の進捗については、私の知るところは多くありません」

まずはそう断っておいてから、

「私が知りたいのは、先代藩主の側室であった商家の娘のことなのですが、商家とはずばり、羽越屋ですか？」

と端的に訊ねた。

「さよう、青苧を扱う羽越屋の娘でござる」

喜十郎も即座に、そう返してきた。

「その羽越屋の娘が、現藩主の弟にあたる兼三郎殿を産んだのですね？」

重ねて問うと、

「青の方と申されるのだが、兼三郎殿の生母でござる。前藩主に、ずいぶんと寵愛《ちょうあい》された側室であったと聞く」

淀《よど》みなく続けざまに返答してくれた。

青苧を扱う問屋の娘だから、青の方と呼ばれていたのだろうか。

「兼三郎殿は、現藩主とはずいぶんと齢《とし》の離れた弟だ。いまも藩邸の片隅《かたすみ》で捨扶持を食《は》んでいるらしいが、消息《しょうそく》は伝わってこない。おとなしい御仁《ごじん》なのだろうな」

兼三郎の境遇や人となりについては、遠山からの書付にあるとおりであった。

というか、遠山の元ネタの一部も、この桑村から出たのであろう。

「ご生母の方の消息は伝わってきませんか？」

あのお伽坊主をしていた恵妙こそ、青の方ではないか。そんな確信めいた推量が、小五郎の脳裏にあった。

ただ、その青の方と思《おぼ》しき恵妙と、平河御門前と白山の寮で言葉を交わしたことは、おくびにも出さなかった。

「青の方ならば、兼三郎殿を産んだあと、暇を取って藩邸を出たと聞いた。というのも……」

武家ではままある話が、桑村の口から出た。

「先代には現藩主のほかに、男子がいなかった。つまりは世子である兄の控え用の駒《こま》として、藩に我が子である兼三郎殿を、取りあげられてしまったのだな。むろん、お暇金《いとまきん》などはもらったのだろうが」

「実家の羽越屋に戻ったのでしょうが、それからの消息は聞こえていますか?」

そこが桑村を訪ねてきた眼目なので、小五郎は重ねて訊ねた。

「さて、我ら与力はお出入りといっても、付き合いがあるのは、表向きにいるお留守居役や江戸家老などだ。奥向きのことまで、さほどくわしくはない」

桑村は鼻先で手を振った。

「ならば、青の方の人となりなどは、いかがですか」

「だから、いまくわしくないと申した……いや、待てよ」

記憶の糸が引っかかったのか、桑村は小さく手を打った。

「いま、思いだした。あれは情の強《こわ》い女性であったと、前の江戸家老が漏らしたのを聞いた覚えがある。兼三郎殿を召しあげる際、激しく抵抗されて思わぬ愁嘆《しゅうたん》場《ば》になった。それでいたく難儀したと、たぶん酒席あたりで述懐《じゅつかい》していた」

「なるほど、我が子への情は濃く、他人には情が強いと」

「そうなのだ。ああ、それからな」

桑村は、いろいろと思いだしてきたようだ。五十路《いそじ》を過ぎると、記憶を呼びこむのに、時がかかるものらしい。

「兼三郎殿は兄が藩主となったあともずっと、今度は甥の控え駒として藩邸に留め置かれてきた。さっきも似たような台詞が出たが、佐野家には、いまもほかに控えの男子がいないのでな。他家に養子にいけないまま、長い年月、生殺《なまごろ》しのような目に遭ってきたわけだ」

つまり兼三郎は、幼少のころは世子である兄の控えとして。そして大人になってからは、藩主となった兄の子、つまりあらたに世子となった甥の控えとして、藩邸内に留め置かれている。

そういう人生らしい。

兼三郎とその生母の胸中にわだかまっているはずのやるせなさが、小五郎にもひしひしと感じられた。

「一度だけ、青の方が藩邸に押しかけてきたことがあったと聞いている。息子の処遇について、ねじこみにきたのだな。江戸家老が言葉たくみにあしらって、追い返したのだろうが」

小五郎は、恵妙こと青の方の面影を、思い浮かべていた。

青の方の青は、青苧ではなく、紫陽花の青い花から来ているのではないか。自分を寵愛してくれた先代の藩主は、紫陽花が好きだった。青の方はそう話していた。

大奥の七つ口で初めて見たとき、あの人の頬には生気があった。それなのに、商人と言葉を交わしていたその途中から、憂《うれ》いの濃い蒼ざめた色に、その顔艶《かおつや》は変化《へんげ》した。

「いや、お邪魔した甲斐《かい》がありました」

小五郎は脳裏で描きつつある筋書きに、確信を深めた。


その翌日も、小五郎は未明に起きだした。そして朝飯も喫《きっ》せずに、ひとりで剛次郎の屋敷を出た。

本郷通りからもう一度、羽越屋の寮に寄り、それから岩槻街道《いわつきかいどう》に入って王子を目指すつもりである。

途中、昨日は通りすぎた羽越屋の本店の前で、足をとめた。本郷通りに面した大店で、間口が広かった。

その隣家は小間物屋だった。勝手口から内儀《ないぎ》らしい中年の女が出てきて、戸口に並べた植木鉢に水をやりはじめた。

「まだ店開き前のようだが、いいか？」

遠慮がちに言うと、主人が出てきて、大戸を開けてくれた。

恵流奈にと思い、帯留めをひとつ買い、さりげなく語りかけた。

「隣の羽越屋は、ずいぶんと繁盛しているようだな」

「番頭さんが敏腕と評判ですのでね」

「そうそう、升兵衛《しょうべえ》さんの才覚で、お出入りのお屋敷も増えたようですよ」

夫婦して気楽に応じてくれた。

「羽越屋といえば、羽黒藩の御用達と聞いているが」

そらとぼけてそう口にすると、

「さようでございます。加えて近頃では、念願の加州《かしゅう》さまだけでなく」

主人は、斜め前に建つ加賀藩邸の赤門に目をやりながら続けた。

「大室藩《おおむろはん》や鎮西藩のような小さな藩とも、太い商《あきな》いをはじめたとか」

「鎮西藩ともか」

しばらく念頭に置いていなかった藩の名が、不意に出た。

「いや、朝からよい買い物ができた」

そう礼を言って、小五郎は歩きだした。

いくつものことが、気にかかっていた。

すぐ先に位置する白山・横町の羽越屋の寮を、昨日と同じく、枝折り戸の横から覗《のぞ》いてみた。

庭に青の方の姿はなかった。ただ、前に大奥の七つ口に来ていた商人が、桶《おけ》を片手に持ち、柄杓《ひしゃく》で馬酔木に水をやっていた。

あれが敏腕番頭の升兵衛ではないか。直感がそう告げた。

升兵衛はそれから秋色紫陽花にも、たっぷりと水をやった。声をかけようかと思ったが、水やりを終えると、升兵衛はそそくさと縁側をあがってしまった。

(紫陽花を愛《いと》おしむだけでなく、馬酔木も大切にしているような)

その意図が、いまは手に取るように理解できた。

白山権現から岩槻街道を、北西に一里歩けば王子村だった。

街道には、朝からけっこうな数の人が歩いていた。

桜の名所である飛鳥山《あすかやま》は、これからは紅葉が見ごろだろう。

その飛鳥山の麓《ふもと》から、幾流にも分流する音無川《おとなしがわ》を越えると、王子権現と王子稲荷《いなり》が、仲良く並んでいる。

音無の流れが大きく屈曲《くっきょく》して刻んだ渓谷《けいこく》は、江戸有数の紅葉の名所であり、水茶屋や料理屋がずらりと軒《のき》を並べていた。

この王子・飛鳥山のあたりは、江戸の人々が一日かけて遊びたがる、憧《あこが》れの近場の行楽地なのだった。

王子稲荷の社務所で、正一位《しょういちい》王子稲荷大明神の守り札を買った。

小五郎は御利益《ごりやく》など信じてはいないから、あくまで恵流奈への話のタネの土産だった。

「このあたりには、本当に狐《きつね》がいるのか？」

社務所の売り子の小僧は、高値のお札が売れて、ほくほく顔で返してきた。

「おりますとも。当社は、全国の稲荷神社の総本山でございますよ」

小僧は誇るように言う。

「大晦日《おおみそか》の夜には、日本六十余州の狐が、このあたりに集まってまいります。王子の野は狐火できらきらと輝き、その輝きが増せば増すほど、来たる年は豊作になるのでございます」

「そうか。それはそうと、修行者が滝行をしている場所を教えてくれ」

渓谷には、七つの名代な滝があり、滝行の修行の場所としても知られている。教わった道をくだっていくと、不動《ふどう》の滝や権現の滝で、肌襦袢《はだじゅばん》ひとつで滝に打たれている人たちを眺《なが》めることができた。

なかには、嫌がるのを無理やり滝つぼに据《す》えられている女がいた。狐を退散《たいさん》させるためだ。無理強《じ》いをしている連中が、そんな声を発していた。

滝のほとりで、修行を終えて震えている者や、行楽に来ている人間相手に、甘酒《あまざけ》を売っている男がいた。

「ひとつ聞きたい」

甘酒は断って、酒手《さかて》だけ渡した。

「昨日、今日あたり、滝行をしていた尼僧を知らないか。年配だが、たいそう美しい尼だ」

「知っておりますとも」

甘酒売りは、にっと笑った。

「昨日もおいでで、今朝も来ました。それでさきほど、修行を終えられたらね」

人さし指で、彼方を指した。

さすがに寒いのだろう。修行を終えた人間が、枯れ枝を燃やして、焚火《たきび》をしていた。

「焚火にあたっているうちに転んでしまい、ひどい火傷《やけど》をしたとかで、大騒ぎになりかけたんですが、医師が駆けつけてくる前に、姿を消してしまいました」

「火傷か」

胸騒ぎがした。


急いで八丁堀にとって返すと、剛次郎が今日も昼間から帰宅していた。

市松と陽介を相手に、話しこんでいる。三人とも目をつりあげて、いたって深刻そうだ。

「あっ、小五郎」

人の顔を見るなり、さっそく絡んできた。

「どこに行っていたのだ。年増の尼僧の色香に誘われて、また白山か」

「いや今日は、さらに足を伸ばして、王子稲荷と権現まで行ってきた」

「王子だと……」

剛次郎は目をむいた。

「また物見遊山か。俺などは、春も行きたい、秋も行きたいと、女房殿からせがまれているのだが、御用繁多《はんた》で王子・飛鳥山の方角には、ついぞ足を向けられずにいるのだ。それをおまえというやつは」

茶を運んできたその女房殿の琴乃が、くすくすと笑いをこらえている。

「言語道断だ。王子など、今度の一件とはなんのかかわりもないではないか……いや、そうでもないか。王子といえば、稲荷の狐だからな」

剛次郎は首をこくっと曲げてうなずいた。

「そうか、昨夜のうち、松の廊下に、はや狐が出たか……」

小五郎が唇を嚙むと、

「えっ！」

剛次郎は目を大きく見開いた。

「どうしてだ。まだ、公《おおやけ》になっていないことが、どうしておまえにわかるのだ」

剛次郎が両手を伸ばしてきて、小五郎の肩を揺さぶった。

「俺がついさっき、柳営で目付の本多さまから耳打ちされたばかりのことを、どうして、おまえが知っている……いくら、ひらめき小五郎とはいえ、どういう手妻でひらめいたというのだ？」

「放せ、暑苦しい」

小五郎は、剛次郎の手を振り払った。

「小五郎、とにかく一大事、いや一大珍事なのだ。松の廊下に、こ～ん、こ～ん、と怪しげに鳴く、狐が現れた。幾人もの宿直《とのい》の番士が、その姿を見ている。鳴き声を聞いているのだ」

振り払っても、振り払っても、剛次郎は肩に手を伸ばして揺さぶってくる。

「琴乃殿、腹ごしらえをしたい。お願いいたす」

茶を喫しながら小五郎が一礼すると、賢夫人はにっこりとうなずいた。

「まったくあいつは、小五郎贔屓《びいき》だな」

剛次郎は廊下を去っていく妻の、その後ろ姿にべっと舌を出した。

「不平を言うな。よくできた奥方ではないか」

鼻白んでいる剛次郎を、小五郎はたしなめた。

「家付き娘なのに、おまえのような男を離縁もせずに、置いてくれているのだ。ありがたいと思え」

「よいか、小五郎」

ようやくと小五郎の肩から手を離すと、剛次郎はおもむろに襟を直した。

「三十一で吟味方与力に抜擢《ばってき》されたのは、北町奉行所発足以来、俺を置いてはいないのだぞ」

剛次郎は傲然《ごうぜん》と胸を張ったが、

「でもそれって、九割九分、先生の助太刀あってのことですよね」

「御番所のなかでも、皆さん、そういう認識ですよ」

市松と陽介に次々と図星をつかれ、剛次郎はがっくりとうなだれた。

車座になって昼飯を食いながら、小五郎は自分の筋読みを一同に語った。

羽越屋から羽黒藩の先代藩主に献上《けんじょう》された青の方は、兼三郎という男子を産んだ。

大名や大身《たいしん》旗本の家では、世子には、かならず『控え』がつく。世子が急逝《きゅうせい》した場合などに、跡継ぎの不在を埋めるためにである。

兼三郎は、長い年月、二代の世子の控えとして、藩邸の片隅で飼い殺しの憂《う》き目に遭ってきた。

我が子になんとか日の目を見せてやりたい。そう念じた青の方は、実家の寮を出て大奥に入り、お伽坊主となった。

「羽黒藩邸を出るときにもらったお暇金で、お伽坊主の株を買ったか。あるいは、越後上布《じょうふ》を扱う羽越屋自体が、大奥に伝手があったのかもしれん」

炎暑《えんしょ》の夏に肌触りよく風を通す越後上布は、大奥の女官たちに愛用されている。

「お伽坊主は、大奥と中奥の間を行き来できる。中奥まで出られれば、表御殿に出て、佐野式部に触れる機会を得られる。そう考えたのだろうな」

「そうか、俺にも読めてきた」

剛次郎が弾んだ声で応じてきた。

「将軍家以外は男子禁制の大奥は、銅塀《どうべい》をめぐらせて厳重に隔離《かくり》されている。しかし、奥と言っても男の家臣が詰める中奥と、表御殿の境はゆるい。突破できると踏んだわけだな」

「おそらくは、これだ」

小五郎は手を伸ばして、市松の羽織の袖をつかんだ。

「あっしの羽織が、どうかしましたかい」

市松自慢の、表と裏で柄が違う、裏返して着られる羽織だった。

「青の方……いやお伽坊主として恵妙殿は、無紋の黒羽織を着ていた。裏返すと、表坊主がつけている、家紋入りの羽織になるのだろう」

表坊主は、世話をする掛かりの大名家から、その大名家の家紋入りの羽織を拝領している。

登城日には、その拝領羽織を着用して世話をする。二家の世話を掛け持ちでする表坊主もいて、裏表で違う家紋入りの羽織を用意して働いている。

「しっかし、恵妙さんは年増とはいえ女ですぜ。表坊主は男。奇異には見られなかったんですかね」

市松の指摘に、剛次郎と陽介が、さもありなんとうなずいた。

「頭を丸めた年配の婦人が、化粧を落とし紅《べに》も差さずに、男物の羽織を着ていれば、いくら美形でもさして目立たん。三百人の表坊主は、皆、同じ顔をして見えると、お偉方も言っていただろう」

小五郎の言に、一同はなんとも言えない顔をしてうなずいた。

「つまりは、松の廊下までまぎれこんだ恵妙が、鎮西藩の長尾彦之助に耳打ちして唆《そそのか》し、羽黒藩の世子・佐野式部を後ろから斬りつけさせたのだな。式部をやれば、恵妙の実子の兼三郎が、世子の控えから繰りあがり、五万石の跡取りになれるからな。ふむふむ、一応はつながるな……」

剛次郎は安直《あんちょく》に納得しかけた

「まだ、すっかりとはつながらないぞ、剛次郎」

小五郎は冷徹《れいてつ》な声で、冷や水を浴びせた。

「世子を外されて廃嫡された彦之助と、世子の控えとして生殺しの目に遭っている兼三郎。似たような境遇ではあるが、両者にはなんらかかわりはない。彦之助が斬りかかるとすれば、自分から世子の座を奪った弟にだろう。なにが悲しくて、縁もゆかりもない他藩の世子である式部に、斬りかからなくてはならんのだ」

「そうだったな。それにしてもややこしいな、この一件」

剛次郎は嘆息《たんそく》した。

「つまりは恵妙尼が、我が子を世子にするために、他藩の世子崩れである彦之助に言葉の手妻を使い、にっくき世子・佐野式部に斬りかからせた。その手妻のタネさえわかれば、この一件は落着する。そういうことですかい、先生」

市松が要領よく、まとめてみせた。

「さすがは天神下の親分だ。剛次郎よりも、よほど飲みこみがいいな」

持ちあげてやると、市松はでへへと相好を崩し、剛次郎は、がりがりと耳の裏を掻いた。

「ねぇ、先生はもうとっくのとうに、手妻のタネには察しをつけておいでなのでしょう。勿体ぶらずに、教えてくださいよ。見えざる声は、なんとささやいてきたんです？」

市松はせがんできたが、

「いや、その肝心なところに、まだ目鼻が立たない」

肝心な部分のタネ明かしには、行きついてはいないのだった。

「釈然《しゃくぜん》としないことが、いくつもある。恵妙殿こと青の方は、実家の番頭から長尾彦之助の境遇は聞いていたのだろうが、顔まで知っていたとは思えない」

こめかみを指で押しながら、小五郎は語り継いだ。

「それに、いくら手妻をかけられたといっても、生まれつき穏やかだったという彦之助が、突如としてあかの他人に斬りかかったりするだろうか」

「だからだな、あのお伽坊主は、よほど玄妙な手妻を操る妖怪ということだ。男の妖怪が鳥居なら、女妖怪は恵妙だ」

剛次郎が決めつけると、市松と陽介がぶるぶるっと背筋を震わせた。

小五郎は、秋色紫陽花の咲く庭で言葉を交わした、恵妙こと青の方の面影を瞼に浮かべた。

我が子かわいさのあまり、夜叉《やしゃ》になったのかもしれない。

しかし青の方が、怪しげな妖術《ようじゅつ》を使う妖怪とは、どうしても思えなかった。

七幕

松の廊下に、狐は今夜も現れる。そう確信していた。

その狐にまみえるべく、小五郎と仲間たちは夕刻の道を、江戸城本丸へと急いだ。

道々、青の方の心情を思い浮かべた。

（滝行を繰り返すのは、重体である若い世子・佐野式部の快癒《かいゆ》を祈願《きがん》するためだろう。それに、斬殺されてしまった彦之助の魂《たま》に詫《わ》びるため）

青の方は、巻きこんでしまった彦之助と、なんの罪もない佐野式部への、贖罪《しょくざい》の思いに苛《さいな》まれている。そう思えてならなかった。

（あの人は、身体の弱い式部に刃を向けるつもりなど、毛頭《もうとう》なかったのだろう。だからこその馬酔木であったのだ）

甘い香りを放つ馬酔木だが、その葉を食べた馬は、酔ったようにふらふらになる。人が誤《あやま》って口に入れれば、激しい腹痛に襲われ、嘔吐《おうと》して腹をくだす。

（お伽坊主に身をやつした青の方は、中奥から表御殿に出て表坊主になりすまし、式部に馬酔木の葉を煎《せん》じた茶を飲まそうとしていたのだ）

柳営は、格式と作法の塊《かたまり》のような場所だ。

由緒《ゆいしょ》ある帝鑑間で、嘔吐して大小を失禁すれば、前代未聞の大失態《だいしったい》となる。

まさか藩が潰されることはないだろうが、世子の廃嫡は間違いない。そうなれば、我が子に晴れ舞台が……そんなことを、思い描いていたのに違いない。

ところが、馬酔木の毒茶を盛るのは至難《しなん》の業《わざ》だったと、江戸城に入って思い知らされたのだろう。

江戸城の表御殿において、藩と表坊主は一対一の関係で、そこに割りこんでことをなすのは、容易ではなかったはずだ。

それでも、一縷《いちる》の望みをつないで、あの登城日も表御殿にまぎれこんだ。

そうしたら、偶然か天祐《てんゆう》か、彦之助と式部を同時に見かけた。

その刹那《せつな》、青の方の脳裏に魔物がささやいた。乾坤一擲《けんこんいってき》の言葉の手妻を、彦之助の耳に吹きこんだのだ。

ただ、その肝心の手妻のタネは、まだわからない。

しかし、青の方は狐となって松の廊下に戻ってきた。その心情と思惑を、小五郎は痛いほど理解できた。これは、あの人の、思案のあげくの贖罪なのだ。

「おい、陽介」

歩を止めた小五郎は、若同心に声をかけた。

「おまえは江戸城まで付き合わなくてもよい。それよりいまから手配にかかり、明日の朝一番で、できるだけ多くの読売屋を、剛次郎の屋敷に集めておけ」

「承知いたしました。連中は我々町方には弱いですから、四の五の言わずに、集まってきますよ」

ときにご政道が目くじらをたてるネタも扱う読売屋は、奉行所のお目こぼしで食っているという側面があった。

「江戸城でとびきりのネタがある。飛ぶように売れるぞと、煽《あお》ってやれ」

「委細《いさい》、承知」

陽介は一礼して背を向けた。

「読売屋など集めて、勝手になにをしようというのだ」

剛次郎が不安そうに、膨れっ面《つら》を寄せてきた。

「柳営に狐現《あらわ》ると、世間を騒がせてやるのだ。そうなれば、松の廊下の刃傷も狐の仕業だったと、幕閣も裁きをつけやすくなるだろう。さぁ、もう江戸城だ」

「おお、教授殿か」

御玄関の前で、さっそく三人に目をとめた目付・本多太郎左衛門が、扇子を振って、おいでおいでをしてくる。

「いかん、今日は裃を用意しておりません」

通常の羽織袴姿の剛次郎が、面相を強張《こわば》らせた。

小五郎は羽織も着ずに脇差すら帯びず、袴に白扇子を差しているだけだ。

市松にいたっては、町人のなりで、もちろん袴も穿《は》いていない。

「よいよい、狐騒ぎで騒然としておる。今日は特例じゃ。そのままの身形《みなり》で、あがるとよい」

普段の本丸御殿ならば、とうてい、こうはいかないのだろうが、太郎左衛門は鷹揚《おうよう》なところを見せてくれた。

「ただし、佐々木兵部殿には見つかるなよ。あの御仁は、身分だの格式だのに、すこぶるうるさいからな」

水野・鳥居派であり、豪勇《ごうゆう》を自認する目付が、今日も柳営に詰めているらしかった。

「太郎左殿《たろうざ》。私なりに得心のいった、この一件の筋立てがあります。お話ししてよろしいか」

「うむ、うけたまわろう」

太郎左衛門は立ったまま、拝聴《はいちょう》の構えをとった。

小五郎は縷々《るる》語った。

「……なに、大奥のお伽坊主が、この表御殿に……」

途中で一度だけ太郎左衛門はうなったが、あとはじっと聞き入っていた。

「そうか……すべてを狐の仕業《しわざ》にするのか」

聞き終わって、太郎左衛門の頬に赤みが差した。

「さよう。表坊主に化けた狐が、長尾彦之助に憑《つ》いたのです。あとの刃傷沙汰は、すべて狐の所行。なのでこれ以上、詮議してもはじまりません」

狐は人間に憑いて奇矯なおこないをさせると、世間では多くの人間が本気で信じている。

「狐はある意味、都合のよい動物です。狐が憑いたための乱心ということならば、鎮西藩への仕置きを重くするのは、野暮というもの。いわんや、羽黒藩を咎《とが》めるのは筋違いです」

「そうだな。狐の悪戯《いたずら》ならば、長尾彦之助と佐野式部の間に、遺恨がないのはあきらか。喧嘩両成敗などと、四角四面な理屈を持ちださなくとも済む。なるほど、さすがは教授殿じゃ」

太郎左衛門は上機嫌だった。

「私の知恵ではありません。現に狐は現れたのですからな。それに、今夜も現れるでしょう」

自分が運命を狂わせてしまった、彦之助と式部。

それに、鎮西と羽黒の両藩へのせめてもの罪滅ぼしのために、考え抜いた青の方の策が、自分が狐になることだったのだ。

「将軍家のお耳にも、すでに狐のことは達していよう。なんにしても、これで土井老中の、将軍家に対する提言が通りやすくなるな。両藩へのお咎めは、ごく軽いものになろう。わしも土井さまに対して、面目が立つというものじゃ」

太郎左衛門は、ほくほく顔になった。

「それにしても、今日は表御殿に、人がずいぶんとおりますな」

「狐のせいじゃ。目付や徒歩目付は残らず登城して非常に備えておる。大番組《おおばんぐみ》の猛者《もさ》の旗本も幾人か腕を撫《ぶ》しておる。狐が現れたら引っ捕えてくれようとな」

小五郎の瞳に、松の廊下の周辺で周囲に目を凝《こ》らしている、数十人の裃姿が浮かんだ。その裃の背や両胸、それに袴の腰板には、それぞれ由緒ありそうな家紋が入っていた。

「そうか」

終幕近くに、ようやく肝心な見えざる声が聞こえた。

「太郎左殿《ともえもん》、羽黒藩・佐野家の家紋はどのような？」

「巴紋じゃ」

水が渦《うず》を巻いている形を表したのが、巴紋である。日《ひ》ノ《の》本《もと》・六十余州の多くの武家が家紋としている、いわばありふれた紋である

「ああ、でんでん太鼓《だいこ》の丸い皮《かわ》に描かれている、あの紋様ですね」

「いかにもさよう。羽黒藩はたしか、左三つ巴紋であった」

「では、鎮西藩は？」

「右三つ巴紋だった。渦の先が、羽黒藩とは逆を向いておる」

ようやく解けた手妻のタネは、じつに他愛もないことだった。

「ふたつの紋は似ていますね」

「似ておる」

「動転しているときなどに、ぱっと目にとめたら、区別がつきにくいですね。同じ紋様に見えるかもしれない」

「そういうことも、あろうのう」

光景が浮かんでくるようだった。

あの日、あのとき、青の方は松の廊下で、酷似《こくじ》した家紋をつけた彦之助と式部を同時に見かけた。

彦之助の顔は知らなかったであろうが、番頭である升兵衛から境遇は聞いていたのだろう。それに年恰好と家紋から、これが鎮西藩の不遇をかこつ元世子だと、直観したのに違いない。

そして咄嗟に姦計《かんけい》がひらめき、彦之助に、こうささやいたのだろう。

『前を歩いているのは、世子である弟君です。あなたさまのことを、兄はもう世子でもないのに登城などしてけしからん……とお怒りでしたよ』

鬱屈しきっている彦之助は、かっとなって前を睨《にら》んだ。背中の巴紋が遠ざかっていく。

『おのれ、弟！』

と、我を忘れた……これが実相であろう。

青の方にしてみれば、まさか彦之助が殿中で抜くとは思いもしなかった。ただ殿中で争って取っ組みあいにでもなってくれれば、式部は間違いなく廃嫡となる……。

直観で、そう思い至った。

ところが彦之助は、柄にもなく激昂した。そして抜刀して、縁もゆかりもない式部の背に斬りかかった。

おそらくだが、青の方は刃傷の顚末を見届けることなく、足早にその場を逃《のが》れようと松の廊下をあとにして、中奥を経て大奥に戻った。

斬りかかるとは思ってもみなかったが、とにかくこれで式部の廃嫡は間違いない。そう確信したうえでのことであろう。

彦之助はすぐに取りおさえられるだろうが、まさか死罪にはなるまい。

式部も、生死にかかわるような傷は負ってはいない。

そんなふうに軽く見ていたのではないか。

我が子を思うがゆえの長い鬱屈が、青の方の正気を失わせていた面は否《いな》めない。

ところが、お広敷の七つ口で、番頭の升兵衛から、彦之助の死と式部の重体を知らされた。

一度は生気を取り戻した頬が、一瞬で蒼ざめて、青の方は自分のしでかしたことの、罪の重さを思い知った。

そして懊悩《おうのう》の末に、狐となって松の廊下に舞い戻った。


「出た、狐が出た！」

「松の廊下じゃ」

人々が騒ぎはじめた。

「さて、ではごめん」

太郎左衛門に一礼した小五郎は、松の廊下に向けて駆けだした。

腕自慢の旗本たちに絡めとられる前に、青の方の身柄を押さえ、連れて帰らねばならない。

あとのことは、おいおい考えるが、尼寺に入り、本当の尼となって穏やかに暮らすのが、とりあえずはよいのではないか。

廊下の行き止まりの白書院に曲がる角で、人だかりができていた。

「おお、小五郎。事態は目まぐるしい、狐が自害したぞ」

剛次郎が上ずった声で手招きしてきた。

小五郎は狼狽《ろうばい》しなかった。自然《じねん》なひとつのなりゆきとして、心のどこかで想定していたからだ。

白い襦袢《じゅばん》一枚の小柄な身体が畳廊下に横たわり、喉《のど》を突いて果てていた。

「わしが、はがしてやる」

目付の佐々木兵部が手を伸ばし、青の方が被っていた狐の面をはがした。

「うわっ！」

豪勇無双《むそう》を自慢する兵部が、腰を抜かして震えだした。

青の方の面相は、ひどい火傷で焼けただれ、人体《にんてい》の確めようがなかった。

「公儀・学問教授所の教授・伊能小五郎でござる。その女狐の亡骸《なきがら》は、拙者《せっしゃ》がもらいうける」

片手拝みした小五郎は、青の方の亡骸を背負った。

この亡骸は、羽越屋の番頭である升兵衛に託そう。

白山の寮の、秋色紫陽花のかたわらに、葬《ほうむ》ってくれるのではないか。

そんなことを考えながら、小五郎は松の廊下を歩きだした。

コスミック・時代文庫

ひらめき小五郎《こごろう》
江戸城の女狐

【著 者】
藤村《ふじむら》与《よ》一郎《いちろう》

【発行者】
杉原葉子

【発 行】
株式会社コスミック出版
〒154-0002 東京都世田谷区下馬 6-15-4
代表 TEL.03(5432)7081
営業 TEL.03(5432)7084
FAX.03(5432)7088
編集 TEL.03(5432)7086
FAX.03(5432)7090

【ホームページ】
http://www.cosmicpub.com/

【振替口座】
00110-8-611382

【印刷／製本】
中央精版印刷株式会社

ISBN978-4-7747-6184-8 C0193